無能だと捨てられた錬金術師は敏腕商人の溺愛で開花する

もう戻りませんので後悔してください

てんてんどんどん

23761

角川ビーンズ文庫

Contents

Munou dato suterareta

Renkinjutsushi ha Binwanshounin no

dekiai de kaika suru.

序章　嵐の日に捨てられました ………… 007

一章　出会いと契約 ………… 015

二章　愛の告白と謝罪と花火 ………… 060

三章　豊穣祭の祈りとダンス ………… 115

四章　薬害と濡れ衣と報復と ………… 178

五章　錬金術の力と代償 ………… 223

終章　二人でともに ………… 277

あとがき ………… 282

ヴァイス・ランドリュー
『死の商人』と噂の、
ランドリュー家当主

シルヴィア・エデリー
錬金術師。
嵐の日に捨てられた。
錬金術師の名家・
エデリー家の娘

無能だと捨てられた錬金術師は敏腕商人の溺愛で開花する
もう戻りませんので後悔してください

Characters

サニア・エデリー

マリアの連れ子で、
シルヴィアの義妹

リックス・エデリー

錬金術師。
シルヴィアの元夫

マーサ

シルヴィアの
世話係

キール

ヴァイスに仕える
秘書

マリア・エデリー

シルヴィアの父の再婚相手

本文イラスト／くにみつ

序章　嵐の日に捨てられました

「シルヴィア、ごめん。何も言わず離婚してほしい」

仕事中、突然エデリー家の書斎に呼ばれて、黒髪の夫リックスに言われた言葉に思わず私は立ち尽くした。リックスの隣には死んだ父の再婚相手の連れ子のサニアと父の再婚相手の継母のマリアがいる。

「ど、どうして？」

声を絞り出しながら私が聞くと、今度は金髪の美しい容姿の四十代の女性マリアが私の前に出てくる。

「どうしても何も、見たらわかるでしょう？」

そう言って、継母が視線を向けるとサニアが目の前でリックスと腕を組んだ。

……二人の仲が良かったのは知っていた。

けれど仕事も、錬金術もろくにできない私が口を出したらいけないと我慢していた。

でも、そこまでの関係になっていたなんて。私は悔しくてきゅっと唇をかむ。

「それに君、仕事も、失敗ばかりだよね？　この前の発注ミスでどれくらい損害がでているかわかっているのかい？」

リックスが責めるように言う。でも、それは、サニアが最初に発注書の記載ミスをしただけで、私のせいじゃない。心の中で反論するけれど、怖くて声が出ない。

反論したら、きっとまた三人に責めたてられる。

「お姉さま、そういうことだから、離婚届にサインをお願い。これからは錬金術師として優秀なリックスと私が結婚して、エデリー家を盛りたてるから安心してね」

サニアの言葉が悔しくて、情けなくて私はぎゅっと自分の服の端を掴む。

「ポーション作りも、事務仕事すらろくにできない貴方は、錬金術師の名家エデリー家にはいらないのよ。シルヴィア。出ていきなさい」

継母に冷酷に告げられ、離婚届を差し出された。

結局、私は離婚届を出したその日に、家を追い出された。わずかばかり与えられたお金を持って私は夜空を見上げる。彼と結婚して三年。錬金術師として私は彼とともに歩んできたつもりだった。でも——私はいつも仕事ができなくて、怒られていた。

——役立たず、お前は仕事ができない。錬金術師としても無能だ——

私を責めたてる言葉が耳に蘇る。

やめて、お願い、ごめんなさい。浮かんだ言葉に涙がこぼれて、私は慌てて手で涙をぬぐった。行くあてもなく、とぼとぼと歩き出す。私が持っているのは少しのお金と自分の身分証。どうしたらいいかわからなくて途方にくれる。

歩きながら降ってきた雨に私は再び空を見上げた。そういえば今日は嵐がくると言っていた気がする。どうしよう。傘もない。まだ街灯のおかげで街の中は明るいが、街中は嵐に備えて人通りもなく、店も閉まっていた。こんな日に捨てられるなんて。嵐をどこでやりすごそう？

おそらくこの様子では乗り合い馬車も今日は休みだろう。ここは観光客も多い場所だからホテルも満室でとれないかもしれない。

なんでこんな目にあわないといけないんだろう？

仕事も、家事も、魔道具作りも、ポーション作りもまともにできない私が悪かったんだ。寝る間もなく働いていて見かけに気を遣っている暇もなかった。

だから女として見られないと言われた。窓ガラスに映る自分の姿に足をとめ苦笑いが浮かぶ。

ずぶ濡れでみすぼらしい情けない姿。肌もぼろぼろで茶色い髪の毛につやもない。目の下のクマも、シミも酷い。……離婚されて当然だ。だって女に見えないもの。

夫とサニアの仲睦まじい姿が頭に浮かんで目をつぶる。サニアは天使のようにふわふわしているのに、私はまるでぼろ雑巾のよう。じわりとあふれ出た涙で視界がかすむ。でもこんなところでいじけている場合じゃない。

とりあえず今日の嵐をやりすごすホテルを見つけないと。

歩き出して、そして——ふらりと身体が揺れた。

突然吹いた強風で身体がよろけ——目の前には馬がいた。

御者が悲鳴をあげ馬車を引く馬が私の姿に驚いて足を大きくあげている。

ああ——風でよろけて馬車がいたのに倒れてしまった。私、死ぬのかな。どうしよう、馬車の人に迷惑かけちゃう。

そんなことを思いながらどこか遠くで馬のいななきが聞こえた気がした。

「お待ちください！　あと一日！　あと一日だけでいいのですっ⁉」
酷く歪んだ顔でスーツ姿の老齢の男が頭を下げる。そんな老紳士の姿に、目の前に立っていた男は皮肉めいた笑みを浮かべた。二十代前半くらいで端整な顔立ちの黒髪のスーツ姿の男だ。
「面白いことを言いますね。そう言って貴方に縋った者達を無視して土地や家を取り上げた人間が、臆面もなくそれを言いますか？」

男が葉巻をふかしながら笑う。そして葉巻の火を灰皿で消すと、老紳士に近づいた。

「それに、日数を延ばしたところで貴方が資金を工面できるはずもない。貴方が借りられそうな場所は私が裏で手をまわしていますから」

「……な!?」

男がニタリと笑いながら言うと老人の顔が青くなった。

「いやぁ、貴方に人望がないおかげで懐柔がとても楽で助かりました。貴方の言葉など、誰も耳をかさないでしょう」

「貴様っ!!」

「おや、貴方がよくしていたことじゃありませんか。優しい言葉で金を貸し付け、周囲から孤立させ、最後には全てを奪う。そうやって何人の貴族から家や土地、爵位を取り上げました？　私だけ責めるのは筋違いかと思われますが」

男が嘲笑いながら、家にあった杖を無造作に手に取ると、ろくな金になりそうもないですが、質にでもいれますかとつぶやいた。

「この！　若造がっ!!」

老人が持っていた杖で殴りつけてきたが、その杖を男は手で止める。

「ははっ、いきなり暴力はいけませんね。まぁ殴られて慰謝料を請求してもよかったのですが、もう貴方には搾り取れるものは何もないですからね。殴られる価値もない。多くの者から金を騙しとった不正の証拠もこちらに押さえてありますので、どうぞ老後は安らかに牢獄でおすごしください」

　男はにっこり微笑むのだった。

「何もあそこまでしなくても。また敵が増えましたよ」

　老紳士の屋敷から出た後、馬車の中で商人の男に仕える銀髪の二十代くらいの男性、秘書のキールがため息をついた。

「おや、不服ですか？　先にこちらの顧客にちょっかいを出してきたのはあちらです。あの男はうちの商会の上客だと知っていて、顧客に金を貸し付け潰しにきました。明らかに私に対する挑戦です。敵対する者は徹底的に潰す主義なのは貴方もよく知っているでしょう？」

　葉巻をふかしながらキールの主であるランドリュー家当主、ヴァイス・ランドリューが笑う。

「……そんなことばかりやっているから悪徳商人とか言われるんですよ」

「その評価は何も間違っていないでしょう。正当な評価ですね。むしろ誉め言葉で……」

　ヴァイスが言いかけた途端、がくんと馬車が大きく揺れ、馬の嘶き声が響く。

「何事ですかっ!?」

キールが急停車した馬車から降りて、御者に問う。

「それが馬車の前に人が倒れてきたんです」

馬の手綱を引いていた御者がうろたえた様子で告げた。

「人？」

雨の降る中傘をさし、キールとともに馬車から降りたヴァイスが視線をうつすと、確かに馬車の前に女性が倒れている。二十代～三十代くらいの茶髪の女性。ほっそりとしていて、髪もぼさぼさで身なりもいいとは言えない。

「……行き倒れですか」

ヴァイスがふむと腕を組む。

「どうしますか。一応生きています」

困ったようにキールがヴァイスを見た。

「この区画は観光地であるがゆえ、親のいない子どもや住むところがない者などは神殿が保護していて、いないはずです。それなのにこれほどやせ細り病弱な者が倒れているとなると……」

キールが女性を見る。やせ細りすぎていて、普通の食生活をおくっていたとは思えない。

「病気なのかもしれません。下手に連れ出して誘拐扱いになってもあれですし、どこか雨の当たらない場所において、神殿に報告しましょうか？」

　御者の言葉に、ヴァイスは空を見上げた。街灯で明るいとはいえ、時刻はもう夜といって差し支えない。雨足も強くなっており、季節風の嵐がくる予報がある。雨がしのげる程度の場所に放置では、最悪神殿も動かず、そのままそこで命が終わってしまうだろう。

「いえ、これから風雨はさらに酷くなります。この衰弱具合で放置してしまえば助からない。連れて行くしかないと思いますよ」

「本気ですか旦那様!?」

「……ええ、乗せてください」

　キールの抗議の声にヴァイスはため息をつく。面倒なものに関わってしまったと。

一章　出会いと契約

どうしてこんなことになったんだろう。

リックスと出会ったのは錬金術を学ぶ学校だった。錬金術は一定以上の魔力を持っていれば習うことができた。そのため傷を治すポーションや、生活に役立つ魔道具などを作り出す錬金術は人気で、生徒も多く、私とリックスも錬金術を学ぶ学校の生徒の一人だった。学校で告白されてそのまま付き合い、大人になって結婚した。普通の恋愛だったと思う。付き合っているときの彼は優しかったし理解があると思っていた。でも私の父の経営する、鍛冶職人などに納品する魔道具を作る工房で一緒に働きだすようになってから、違和感が生じた。

「あのさ、女の君が僕より魔道具作りがうまかったら、僕の立場なくなると思わないかい？」

そう言って私が新しいものを作ると、彼が嫌な顔をするようになった。

だから私は魔道具を作るのをやめた。そして薬を配合する部署に異動させてもらった。

それなのに「君ばかり評判がよくて、僕ちょっと落ち込んじゃうな」と言われるようになり、父が死んだことで決定的になった。

継母が代表になることでエデリー家は再出発することになった。

彼は、継母が経営者になると、サニアといるようになった。私はいつのまにか事務にまわされた。商品の仕入れと発注と営業。

慣れない仕事だったけれど、父の代から付き合ってくれている取引先の人達のおかげで、順調にいっていたつもりだった。でも彼に「発注ミスがあった！」と責めたてられてそれをも取り上げられたのはつい最近。けれどそれはサニアが発注したものだったはず。

気がついたら私のせいにされて、そこから倉庫の商品整理の仕事に追われるようになり食事も睡眠もろくにとれなくなっていた。もう疲れた。サニアみたいに可愛かったら、私ももっとまともな人生を歩めたのかな。

ああ、もうどうでもいい。もうよくわからないから、このまま死んでしまいたい。

どこか遠くで、男の人達の声が聞こえたけれど関係ない。

きっと嵐がくる日に他人に関わってくれる人はそういない。こんなぼろぼろの女など雨のなか捨ておかれて死ぬだろう。死んだ父と母に会えるかな。

そんなことを考えながら私はまどろんだ。

「容態は？」

キールの問いに医者はふむと頷いた。

「栄養失調と疲労でしょう。しばらく安静にし、しっかりと食事をとらせてください。あまり胃に負担になるような食べ物をいきなり与えることの無いようにお願いします」

「わかりました」

そう言って去っていく医者の後姿にキールはため息をつく。女性を拾った後、風雨が酷くなった道を馬車を走らせホテルまでたどり着いた。だが嵐でホテルは満室で彼女用の部屋を借りることもできず、ヴァイスの部屋のベッドで寝かせてある。

「どうするおつもりですか？　この嵐で他のホテルにうつすのも無理でしょう」

ソファに座って書類を読みふけっているヴァイスにキールが尋ねる。

「追い出すわけにはいかないでしょう？　彼女はここで休ませましょう。私はソファで寝ますから気にしなくていいですよ」

「旦那様がですか⁉」

「一人にするわけにもいかないでしょう？　それより彼女の身分証を写しておいてくださ

い。身元を調べるのに必要ですから」

そう言ってヴァイスは女性が所持していた身分証をキールに渡す。

「……かしこまりました」

納得できないような顔ではあったがキールは頷いて部屋を立ち去った。

(随分面倒なことに関わってしまった)

ヴァイスは心の中で愚痴りながらソファに腰をかけた。

癖で葉巻に手をだそうとして、病人がいる部屋だとその手をとめ、ため息をつき、頭を掻くと仕事の書類に手を伸ばした。ヴァイスはチラリとベッドに視線をうつす。

倒れている女性の姿が、母の姿と重なった。愛人を作った父に捨てられ精神を病んでしまった母に。夢遊病になり、時間を問わず街を徘徊するようになってしまったのだ。

最後に見たのは馬車に轢かれ血まみれになった母の姿。

(あまりにも似ていたため思わず拾ってしまったが……)

自分にも親に対する情めいたものがあったのだと、苦笑いを浮かべて、キールが写し終わったと持ってきた女性の身分証に目を通す。女性の名前はシルヴィア・エデリー。錬金術で有名なエデリー家の者だ。エデリー家は、他ではできない錬金術の秘術を持ち合わせ、高度な錬金術の精製ができる。そのため、薬の質がよく、他国からわざわざ買いにくるほどの名家だったはずだ。ただ、それは先々代までの話で、現在ではあまり質がよくないものに変わっていると聞く。それでもエデリー家は有名なため、この国に入国する前にそれなりの知識は仕入れている。先代の当主が死んでから、娘が跡を継いで、事業は後妻が仕切っていたはずだ。そして自分の記憶が正しければ彼女はエデリー家の先代の娘のはず。

（何故こんな衰弱した状態で嵐の街を徘徊していた？）

所持金もとてもではないが、エデリー家の者とは思えない。

（身分証を盗んだか、はたまた本人か……どちらにせよ厄介なことにかかわりない）

ヴァイスは書類に目を通しながら大きくため息をつくのだった。

……ここは？

やわらかい肌触り。まるでふかふかのベッドに寝ているような違和感に起き上がる。

見回すとかなり高価な調度品の整った部屋で、高級な布団をかけて寝ていた。

ホテルのような部屋で、自分はベッドで寝ていてソファには見知らぬ男の人が本を顔にかぶせて眠っている。

何がどうなっているのだろう？　私は馬車に轢かれて死んだはずなのに。

「目が覚めましたか」

きょろきょろしていると先ほどソファに寝ていた男の人が、私が起きたのに気づいたようで本を片手に持ち立ち上がった。綺麗な顔立ちの長身の男性。

「……貴方は？」

「私はヴァイス・ランドリュー、商人です。誤解を招く前に言っておきますが、私は貴方を保護したのであって、誘拐ではありませんのであしからず。貴方が私の馬車の前に飛び出してきましてね。見ての通り外は嵐であのありさまですので、放置するわけにもいかず、ここへ連れてきました。すでに医者に診てもらいましたが、栄養失調と疲労によるものだそうです」

そう言われて窓の外を見てみると、外はたしかにかなりの雨と風だった。高級なホテルなため魔法での防音が完璧で気づかなかった。

「た、助けていただいてありがとうございますっ」

私は慌てて頭を下げる。

「お礼は結構。身元を調べさせていただきましたが、貴方の状態を見る限り、貴方を家に帰すにはあまりいい環境というわけではなさそうでしたので、エデリー家への連絡は控えさせていただきました」

ヴァイス様が私の身分証を私に渡した。

「……ありがとうございます。連絡を控えてくださってありがたいです。もうあそこに私の居場所はありませんから」

よかった。エデリー家に連絡をされたらまた怒られてしまう。お前など知らないと、罵られる未来がみえて、急に悲しくなって涙ぐんでしまい、慌てて涙を手でぬぐった。

「……居場所がないのですか？　よろしければ理由をお聞きしてもよろしいでしょうか」

「はい。離婚したので、もうあの家は私の居ていい場所ではありません」

私が身分証を抱えながら言うと、ヴァイス様は凄く不思議そうな顔をした。

「わかりません。確か正式に家を継いだのは娘の貴方のはずです。何故貴方が出ていかねばならないのですか？」

「それは私が仕事もできないし、役立たずで、女としてもこんな姿ですから」

ベッドから見える鏡に映る自分の姿に泣きたくなる。身なりを整えてなかったせいで本当に酷い。

「……。関係ありませんよね？」

「え？」

「家を継ぎ、土地建物、その他のものも名義は全て貴方のはずです。仕事ができようがどのような身なりであろうが貴方が家を出ていく理由にはならないはずですが、婚姻後に名義を移したのでしょうか」

「……はい。私には不相応だと。全て継母に」

「…………」

ヴァイス様は無言で私を見つめた。

「それはいつ頃？」

「……結婚して二年目くらいだったと思います」

「それについて貴方は何も思わなかったのでしょうか？」

「……？　家を継ぐのは継母の方が相応しいと思いましたから」

私の言葉にヴァイス様は持っていた葉巻に火をつけようとマッチをすり、慌ててそのマッチの火を消した。葉巻を無造作にポケットにつっこむ。

「わかりました。今の貴方とこの会話をしても不毛でしょう」

ヴァイス様の声から少し苛立ちを感じて私はビクリとしてしまう。男の人の怒る声はいまだに苦手だ。私は無能だからすぐに人を怒らせてしまう。

その様子にヴァイス様が少し困ったように頭を掻いた。

「ああ、申し訳ありません。イラついたのは貴方にではなく、相手方なのですが。……わかりました。今の貴方は職も住むところもないようですから、私が雇いましょう」

「え？　どうしてそれを？」

「貴方の服装と行動、そして今までの言葉でそれなりに推察はできます。違いましたか？」

「それはそうなのですが……、見ず知らずの私を雇っていただけるのでしょうか？　この通り見かけも酷くて、仕事もよくできないですから……」

「エデリー家の取引先くらいは把握しているのでしょう？　その情報を所持しているだけでも、十分雇うだけの価値はあります」

「ではお断りします」

「……ほぅ？」

私の言葉にヴァイス様が目を細めた。助けてもらった恩はある。でもこれだけは駄目。

「お客様の同意なく顧客情報を渡すわけにはいきません」

「取引内容まで話せとは言いません。取引先だけでかまわないのですが」

「それでもです。エデリー家の取り扱いはほぼ薬であるポーションです。その取引内容は密接にお客様の健康状態や、軍事機密にも関わることがあります。そういった顧客の情報を流すのはマナー違反です」

まっすぐ見つめて言う。駄目な私でも私を信じて注文してくれたお客様まで裏切ってしまったら、私は本当に最低な人間になってしまう。

「では、貴方はこれからどうすると？　その所持金では一週間すごすのがやっとでしょう。

申し訳ありませんが貴方の今の健康状態と、貴方の身の上を考えると雇うところなどないでしょう。この街でエデリー家の影響力は大きい。エデリー家から追い出された、病弱な貴方がどこかに就職できるとは思いませんが。路上生活者にでもなるつもりですか？」

「路上生活者になる未来しかないとしても、私を信用してくださった方々を裏切るつもりはありません。仕事のできない私なりの最後の誇りです」

そう、この誇りを失ってしまったら、私には何も残らなくなってしまう。これだけは絶対譲れない。私は急いで立ち上がると、そのまま荷物に手を伸ばす。

「どうする、つもりですか？」

「必ず今日のお礼はお金を稼いでお返しします。今日は本当にありがとうございました。けれどどこれ以上ここでお世話になるわけにはいきません」

もし顧客情報を聞き出すためだけに私を拾ったのだとしたら、これ以上この人に関われない。それに調度品を見るとかなりランクのいいホテルだろう。長く滞在してホテル代を請求されても私には払えないのだから早く出て行かないと。

「この嵐の中をですか？」

「どこかで雨さえ凌げればかまいません。寒いのには慣れています」

去ろうとした私の肩にヴァイス様が手をおいて制した。

「わかりました、では取引先を聞かないと約束いたしましょう。別の条件を提示させてい

ただきます」

「別の条件……ですか？」

私はヴァイス様を見上げる。

「はい、私と契約結婚してください」

ヴァイス様はそう言ってにっこり微笑むのだった。

「契約結婚……ですか？」

長い沈黙のあと、やっと出せた言葉がそれだった。

「はい。契約結婚ですから貴方の愛情まで望みません。私の妻として籍をおき、たまに行われるパーティーなどに同伴していただければ結構です。貴方はエデリー家のご令嬢だった。社交界における商家の立ち居振る舞いなどの知識がないわけではないでしょう？」

確かに最低限の知識はある。けれど良き商家の妻を演じられるかと言われれば話は別だ。

「で、でも私ではとてもそんな大役が務まるとは」

「けれど契約ならば私は顧客になります。貴方は私の情報を厳守してくれるのでしょう？」

ヴァイス様が覗き込むように私に微笑みかける。

「は、はい！　そ、それは……もちろんお客様の情報は必ず厳守しますっ！」

「では、契約成立ですね。よろしくお願いします」

笑みを深くして言うヴァイス様。

「え、あの、その、そういう意味じゃ⁉　いまのはお客様の情報を厳守するほうで……」

「キールっ！」

私が言い終わらないうちに、ヴァイス様が叫ぶと別の男の人が扉を開けて入ってきた。

「彼女は未来の私の妻なので丁寧にもてなしてください」

入ってきたキールという男の人にヴァイス様が言うと、キールさんが私とヴァイス様を交互に見つめたあと、「かしこまりました」と頭を下げる。

「え、あ、あの」

思ってもみなかった展開に私が二人の顔を交互に見つめるけれど、ヴァイス様は気にした風もなく壁にかけてあったコートを羽織った。

「私はやらなければいけないことができましたので、少し出かけてきます」

「あ、あのっ！」

「それではあとはまかせましたよ。キール」

「はい」

私が断る間もなくパタンと扉が閉められヴァイス様は部屋を出て行ってしまう。

「それではよろしくお願いいたします。シルヴィア様」

残ったキールさんが深々と頭を下げた。

「どこに行かれるつもりですか？」

怖くなって自分のバッグだけ持って、こっそり部屋を出ようとすると、キールさんに呼び止められる。

「あ、あのやっぱり私には無理です。ヴァイス様と結婚するなんて！　離婚した身の私がランドリュー家のヴァイス様と結婚するなんてありえません！」

そう、キールさんの説明で判明したのはヴァイス様が有名な商家の当主であるということ。大国で五本の指に入るといわれるほどの規模の商家、ランドリュー家。ヴァイス様は小さな商家から一代で勢力を広げたやり手商人として風の噂で聞いていた。錬金術で有名なだけで実質は貧乏なエデリー家で育った私とではとても釣り合うとは思えない。

「申し訳ありませんがそれは直接旦那様に言っていただけますか。私は仕事として命じられたことをやらなければいけません。未来の妻としてもてなせと命じられた以上、その対応をさせていただかないと私が怒られてしまいます。私には故郷に病弱な妹がいまして。ここで貴方に出ていかれてしまったら、妹の薬代が払えなくなってしまうのです」

ハンカチを手に涙ぐむキールさん。

うっ。そんなことを言われてしまったら、出ていけない。

「……そ、それは困ります」

「はい、そうです。どうか私を憐れんで、療養していただけると助かります」

「ヴァイス様はいつ頃戻る予定なのでしょうか？」

「さぁ、あの方は気まぐれなので」

そう言ってキールさんは微笑んだ。

カラン。扉のベルが鳴った。

嵐で閉じているはずの店に客が訪れる。外は酷い風雨のはずだが、その男はまるで何事もなかったかのように衣服の濡れもなく部屋の中に現れた。おそらく魔法で衣服を乾かしたのだろう。そして男――ヴァイスは休んでいた店主にニコニコとした笑顔で話しかけてくる。

「お久しぶりです。仕事の依頼にきました」

「この嵐の中、供も連れずお一人でくるとは何かありましたか」

酒のグラスを磨きながら情報屋の男が答える。

「ええ、予定外の出来事で供をあまり連れられない状態でしてね。一人で来るしかありませんでした。それで、少し調べてほしいことがありまして」

ヴァイスは何かメモした紙を情報屋に渡す。

「エデリー家ですか」

「はい。金に糸目はつけません。隅々まで調査の方よろしくお願いいたします」

ヴァイスのにこやかな笑顔に情報屋はやれやれとため息をついた。

「次のターゲットはそこですか。お可哀想に」

「おや、人を何だと思っているのですか？」

ヴァイスが笑いながら葉巻に火をつける。

「品行方正で心のお美しいヴァイス様です」

情報屋がグラスに酒を注ぐと、ヴァイスは嬉しそうにそれを受け取った。

「よくわかっているではありませんか。ああ、それで、今日ここに泊めていただけますか？　そこのソファをお借りするだけでいいので」

ヴァイスは葉巻をふかしながら、ウィンクしてみせた。

「今日から奥様のお世話をさせていただくことになりました。マーサです。よろしくお願いいたします」

結局、次の日になってもヴァイス様は現れず、代わりにホテルにきたのは世話係と自己紹介したマーサさんだった。赤毛の気のよさそうな恰幅のいい優しそうな女性。

「は、はい……よろしくお願いいたします」

マーサさんは私を見て、腕を組んだ。

「キール様、シルヴィア様をお風呂に案内しなかったのですか？」

「仕方ないでしょう。衰弱した状態で入浴して倒れても私では対処できないのですから」

キールさんの言葉にマーサさんがむぅと唸る。

「それはそうですけど。さ、奥様まずは身なりを整えてさっぱりしましょう」

「あの、奥様という呼び方は……」

「ああ、まだでしたね。でも、いいじゃありませんか。どうせ奥様になるんですし」

「え？　いや、その」

「さぁ、行きましょう」

私はニコニコ顔のマーサさんにお風呂に連れていかれるのだった。

「どうですか気持ちいいですか」

「はい、とても」

ホテル内に用意されたお風呂に入りながら私は答えた。

湯船に花びらが浮いていてうっすらいい匂いがする。何年ぶりだろう。そういえば私にもこうやってお風呂に入れてもらえる時代があったことを思い出す。

いつ頃からだっただろう、リックスがもってきた商談で大きな損害をこうむってから質素倹約をしなくてはいけなくなった。いつからか寝る暇も惜しんで仕事をしなくちゃいけなくなったんだ。

「それは大変でしたね」

お風呂を出て髪をとかしてもらいながら、昔のことを話すとマーサさんが笑ってそう言ってくれた。

「でも仕方ないですよ。家が大変だったのですから」

「奥様、私は昔、ヴァイス様の下で働いていたのですが結婚して、この国に越してきて夫と子どもとともにこの国に住んでいました」

「そうなのですか？」

「はい、エデリー商会の本店もよく行っていましたよ。リックス様とサニア様はいつも綺麗に着飾っていましたが」

「それは仕方ありません。私とは違いますから」

「……」

その言葉になぜかマーサさんに抱(だ)きしめられた。温かくて気持ちいい。

「マーサさん？」

「ああ、すみません。さ、綺麗になりましたよ」

鏡に映るのは、お化粧(けしょう)をしてもらった自分の綺麗になった姿で少し恥(は)ずかしくなる。お化粧をちゃんとしたのはいつぶりだろう。

「マーサさんはお化粧が上手ですね。私でも見られるようになりました」

「元がいいからですよ。食べてもう少しふっくらしてきたらもっと美人になりますよ」

マーサさんがそう言ってくれてお世辞でも嬉しくなってしまう。

「そ、そうだと嬉しいのですが」

「そのためには少しふくよかにならないと。お昼はレストランに行きませんか。あっさりしたスープの美味(おい)しいところなんですよ。スープなら召し上がれますよね」

「え、でも私お金は」

「未来の奥様がお金を気にしたらいけませんよ」

恐(おそ)る恐る言う私にマーサさんが微笑(ほほえ)んでくれた。

「今日はとても楽しかったです」

あの後、気晴らしに外で遊びましょうと誘(さそ)ってくれたマーサさんと街にでかけた。

嵐はすっかり過ぎ去り、皆買い物をしていたり散乱したごみを片付けたりと街は活気づいていて見て回るだけでもとても楽しかった。

レストランで食事をしたり洋服を買ったりしたけれど、お金は全部マーサさんが払ってくれている。値段はちゃんと覚えているのであとで働いて返さないと。

一通り遊んでからホテルの部屋に戻るとマーサさんが笑ってくれた。

「それはよかったです。奥様、また明日も朝に来ますね」

「えっと、その、ですが私は奥様じゃな……」

「それは旦那様と奥様の問題なので、旦那様に言ってくださいね」

「……はい」

ウィンクして言うマーサさんの言葉に私は頷いた。もうこのホテルに泊まらせてもらって二日もたっている。ホテルも一流ホテルのため、返さなきゃいけないお金が累計され、凄い金額になっている。早く帰ってきてもらわないと借金漬けになってしまう気がする。

「……私お金返せるかな……」

一人になった部屋で紙におおよその金額を記入しながら私は大きくため息をついた。

「今日からこちらに住むことになりました」

買い物をしてから数日後。マーサさんとキールさんにホテルから連れ出されてついたのは、街のやや中央から離れた位置にあるお屋敷だった。

「えーと、このお屋敷は誰のお屋敷なのでしょう？」

私がエデリー商会にいたとき住んでいた屋敷より大きい建物に、どう反応していいのか困っているとキールさんが笑う。

「ホテルの一室では不便ですからね。先日旦那様が買われたそうです」

買った？　この屋敷を!?

「でもあの、五日で買えるものなのでしょうか？」

「旦那様ですからねぇ。あの悪徳商人として有名なランドリュー商会のヴァイス様ですよ。他所から奪い取ったお金がたんまりあるから大丈夫ですよ」

マーサさんがけらけら笑いながら言うと、キールさんがごほんと咳ばらいをした。

「ちゃんと正規の方法で稼いでいますよ。人聞きの悪い。しかしこぢんまりしていますが、いいところですね。使用人もこれなら少人数で大丈夫でしょう」

屋敷を見上げて言うキールさん。

どこがこぢんまりなのだろう。広い庭園もあり、屋敷も四階建ての立派なものなのに。

「まぁ、いつかはランドリュー商会の本社のある国に行くことになるのですし。所詮仮住まいですから、手狭ですがご容赦いただけると」

キールさんがにっこり笑いながら私にどうぞと手を差し出した。

「か、仮住まいですか？」

「そうですよ。奥様の国は離婚後半年他国への出国禁止ですから。奥様が移動できるようになるまで半年はここに留まらないとです。療養のための屋敷です」

マーサさんがうんうん頷く。

「あ、あのもし半年ここにいたとして、その後はこのお屋敷はどうなるんですか？」

「利用方法は後程考えるでしょう。旦那様が」

「そうですね。考えますよ旦那様が」

うんうんと頷く二人。

つ、つまりこのお屋敷は私のためだけに買ってくれたということ……？

ど、どどどうしよう。

ここまで用意してもらって断れる？

どんどん断りづらい状況になっている状態に私はため息をついた。

「今日の夕飯はわたしが腕によりをかけてつくったサファのステーキです」

そう言って夕飯に出された食事に私は頰をひきつらせた。

「これ舌ざわりからして一級品ですよね？」

「流石商家のお嬢様は舌が肥えていますね。シャンデール地方の一級品です。胃にも優しい食材ですのでご安心を」

一般市民の給与の二か月分と言われるお肉……。

「さ、食べてください」

ニコニコ笑って勧めてくれるマーサさんに私はお礼を言って食べ始めた。

……本当にどうしよう。お金返せる気がしない。

「外堀の埋め方がエグイですね」

今日の食費がいくらとつぶやいて、顔を真っ青にしながら部屋に戻っていくシルヴィアを見つめて、キールがマーサに突っ込んだ。

「頼まれましたからね旦那様に。途中で逃げられないようにしてくれって」

マーサが笑顔で答える。

「私、旦那様と貴方だけは敵に回したくありません」

「よく言いますよ。キール様も同類じゃないですか。キール様、妹なんていませんよね」

マーサが薄目でキールを睨む。

「そうでもしないと出ていかれたら、私の首が飛ぶでしょう？」

肩をすくめてキールは苦笑いを浮かべるのだった。

「どうしよう。ざっと思いつく限り私に消費してもらった金額を計算すると……。一生かけても払えない」

私は自室で一人、紙に書いた数値とにらめっこをした。私の食事、ホテル代金、医者の費用、私用にオーダーされた服。そしてこの館のために雇われた人達の人件費。私の稼げそうな生涯年収を考えて計算するとどう考えても予算オーバーだ。この建物まで含めてしまったらもう身体の臓器を売っても無理で逆立ちしても払えない。

契約結婚だし、これはもう受けるしかない。ここまでしていただいて、嫌ですとは流石に言えない。何より借金を返済できるあてがない。でも私なんかで本当にいいのかな？

鏡に映る自分はエデリー家を出る前の自分とは比べ物にならないくらい健康で、ほっそりはしているけれどちゃんとお化粧をしているので前より見られるようになっている。髪もトリートメントを毎日しっかりしたおかげかかなりつやつや。

……そっか。お化粧すらしていなかったもの。私も頑張れば綺麗になれるのかな？

「……私も幸せになれるのかな？」

思わずつぶやいてはっとする。

優しくしてくれるのは契約結婚するからで、別に愛のある結婚じゃない。

それでも幸せになろうと考えてしまうのはおこがましいのかもしれない。

それに夫……いや、リックスも最初の頃は優しかった。変わったのは結婚してからだ。

マーサさんと色々話して色々食べて、街を回って、そしてよく睡眠をとるようになって、普通の生活を送れるようになって気づいたことがある。

私はなんであそこまで尽くしていたんだろう？

なぜかエデリー家にいた頃は逃げようという気すらおきなかった。

でも今思うとあの状況は普通じゃなかったと思う。

私一人だけ仕事をさせられて、睡眠時間ももらえずお給金すらもらえなかったあの状態を正常と思い込んでいた自分はどうかしていた。

完全に夫と継母、そしてサニアの支配下にあったことに気づいてぞっとする。

そう思うとやっぱり結婚は怖い。再び男性に人生を預ける勇気がない。

……お金どうしよう。

私はぐったりとベッドに倒れ込んだ。

「どうして頼んでいた薬草が手に入らないんだ！」

エデリー家の工房でリックスが声を荒げて従業員に問う。

ここ最近、ポーションの注文量にたいして原料が足りなかったり、注文数の見込み違いによる損失が発生したりしている。前はこんなことはなかったのに、シルヴィアを追い出した途端の損失にリックスが問う。

「そ、その……前はシルヴィア様が受注量を見積もって生産量の予測や原料の確保などしていましたが今はそれをできる人がいません」

従業員がもぞもぞと答えた。

「それはサニアがやっていたんじゃなかったのかい？」

「い、いいえ、そういったことを取り仕切っていたのはシルヴィア様でした。サニア様はサインをしていただけなので……」

「シルヴィアはどうやっていたんだ？　ほかの従業員に同じことをさせればいいだろう」

リックスの問いに従業員は視線を彷徨わせた。

「それが、いつも部屋にこもって一人でやっていたので我々はよくわかりません」

従業員が汗をかきながらリックスに説明する。リックスは心の中で舌打ちする。まさか原材料を取り扱っていたのがシルヴィアだったなんて。現在、エデリー家で作っているポーションのレシピは、シルヴィアが作ったものだ。それをシルヴィアから取り上げてリックスの手柄にしていたのが仇になった。原料が変わってしまったら、レシピも変更を余儀なくされる。別の薬草で代用しているが商品の質があきらかに落ちているのだ。そのことがエデリー家を継いだ、継母マリアとサニアにバレてしまった場合、ポーションの腕だけ見込まれてサニアの夫になったリックスも用なしと捨てられてしまうかもしれない。

マリアの連れ子だったサニアもエデリー家とは名ばかりで、錬金術の腕はあまりなく、シルヴィアのような品質のいいポーションは作れないだろう。

（こんなことなら、サニア達の言うことなんて聞かないで離婚せず、そのままシルヴィアをおいておけばよかった）

リックスはイライラしながらため息をついた。

「内容もですが主演の二人の演技が凄く素敵でした。前から憧れていたので直に見ることができて感激です」

演劇場内にあるおしゃれなカフェ。お茶を飲みながらマーサさんに感想を聞かれて私は答えた。

「それはよかったです。奥様はまだ若いんですから満喫しなきゃ」

けらけら笑いながらマーサさんが言ってくれる。

マーサさん達とあのお屋敷に住むようになってからもう一か月。私の体調もそれなりに回復し、マーサさんのお化粧のおかげで見られるようになった。

今日は綺麗なドレスを着させてもらって、演劇を見に連れてきてもらった。

前から一度見てみたかった演目で、興奮がいまだに収まらない。……正直、返すお金のことを考えると、来ない方がよかったのかもしれないけれど、見たいという誘惑に負けてしまった。で、でも今日この日、この演劇を鑑賞できたことを励みに仕事を頑張って、借金を返そうと心に誓う。私は嬉しくて、景色を見回して、そこで動きを止めた。

「奥様？」

マーサさんが不思議そうに聞いてくる。でも私は動けない。だって……そこにいたのは元夫のリックスとサニアだったから。慌てて、目をそらそうとした瞬間。

「シルヴィア」

リックスに声をかけられる。どうしよう、気づかれた。

どうして、彼がこんなところに？　しかもサニアと。

――無能。高飛車。気が利かない――

罵られた言葉がまた思い出されて、つい震えてしまう。

「あら、お姉さま何でこんな場所に」

サニアまで気づいて、ずかずかと歩きながら私達の前にくる。

「友達と遊びにきていただけです。もう帰ります」

逃げるように視線をそらして、私は席を立った。

「ずいぶん見違えたよ。綺麗になってびっくりした」

リックスの言葉に私は唇をかんだ。

――見違えた？

大体化粧にまで文句をつけてきたのはリックスだった。

――その色は派手すぎない？――

――あまり好みじゃない――

――ちょっとその化粧品は高すぎるんじゃないかな――

彼に言われた言葉が頭をよぎる。

そうだお化粧すら面倒になったのは彼がいつも駄目だしてきたからだ。

「実は君がいなくなって大変なんだ。納品先の発注数の予想ができなくて。材料の調達も難しくなってね。できれば戻ってきてくれないかな」

悔しすぎて何も言えないでいると、勝手にリックスが言葉を続けた。

……この人は何を言っているのだろう。あんな状態で捨てておいて。

あの時は疲労と睡眠不足で判断力が鈍っていた。捨てられても仕方ないと。

でも今は違う。あんな捨て方おかしい。慰謝料をきちんともらうべきだったのに私はなぜかあんな少額のお金をもたされて雨の中に放りだされた。それなのに戻ってこい？

「お姉さま、妻としてはもう無理かもしれないですけど従業員としてなら雇ってくださるそうですよ」

サニアが笑いながら言う。

どこまで人を馬鹿にしたら気が済むの？

何より、悔しいのに何も言い返せないで黙っている自分が一番悔しい。

言い返そうとすると怖くて言葉がでない。

「それは同意しかねますすね」

一人震えていたら、ぽんっと肩に手がおかれ、振り向くと、そこにいたのはヴァイス様だった。一体いつからいたのかスーツ姿でにっこりと私の隣で笑みを浮かべていた。

「シルヴィア、その男誰だい？」

リックスが眉根を寄せる。まるで責めるような視線にぞくりとして、私は視線をそらす。

頭では怖くないとわかっているのに、なぜか身体がうまく動いてくれない。

震えが伝わってしまったのか、ヴァイス様が私の手を取って微笑んでくれた。

「自己紹介が遅れてしまい申し訳ありません。シルヴィアの婚約者です」

「は!? まだ別れて一か月だぞ!」

ヴァイス様の説明にリックスが責めるように言う。

「愛が芽生えるのに時間など無価値にして無意味。恋は理屈も理念もなく、人を思い慕う病気のようなもの。私達は出会った瞬間に愛が生まれ、婚約しただけのこと」

「そ、そんなのありえないわ! お姉さま浮気していたの!?」

サニアが私とヴァイス様の顔を交互に見ながら言う。

「やれやれ、自分達がやっていたから、他人もやっていると決めつける。それはなんと浅慮で短絡的思考なのでしょう。だいたい我が婚約者に強引に離婚を迫り、離婚後すぐ結婚した貴方達がとやかく言う資格がありますか?」

大げさにヴァイス様が肩をすくめると、リックスが肩を震わせた。

「もういい! こちらにくるんだシルヴィア!」

リックスが私の手を取ろうとして、ヴァイス様がその手を制して止める。

「貴方と会話をしているのは私のはずです。貴方と、私の愛しの婚約者は赤の他人。女性を一人だけ連れ出すのは時と場合によっては警察沙汰となりますがよろしいでしょうか?」

「それは……」

「婚姻中の付き合いをお疑いのようですが、彼女と出会ったのは貴方と離婚後です。ご希望とあれば、私がこの国に入国した時の証明書を発行してもかまいませんよ。彼女が嵐の中一人歩いていましてね。あまりにも不憫で保護させていただきました。いやぁ、あの嵐の中にあのようなやせ細った状態の女性を一人追い出すとは、血の通った人間にできることだとは思えません」

ヴァイス様がはっはっはと笑いながらよく通る声で言う。

カフェにいる人達の視線が集まりリックスが慌て始めた。

「そ、それは仕方なかったんだ」

「ほぅ、どのような理由が？」

「彼女の仕事ぶりがあまりにも酷くて、仕方なく首……」

リックスの言葉にヴァイス様の表情が明らかに不機嫌になる。

「それが行くあてのない女性を嵐の中追い出す理由になりますかね？　嵐が収まってからでもよろしかったのでは。あの日は嵐がくる予報が大分前から出ていた。貴方も知らなかったわけではないでしょう」

ヴァイス様が手を広げた。まるでこの場のいる人達に演説でもするかのように。

「嵐のせいで店は全て閉まり、乗り合い馬車が運休となれば宿が混むのはこの地にいるものなら知っているはず。それなのに嵐がくる直前に新たな住居も避難場所も提供せず、一人女性を追い出すのは、死ねという意図がなければできません。不倫離婚と言われぬよう殺そうとしたのではと疑いたくなります」

「そ、そんなつもりはなかった！　僕は知らなかったっ！」

　リックスの言葉にヴァイス様はにんまり笑って顔を近づけた。

「ああ、申し訳ありません。では単なる無能な方でしたか。流石に長年この街に住んでいて子どもでもわかるような一般常識をご存じなく、嵐で死ぬことすら予期できない馬鹿がこの世に存在するとは思いませんでした」

「貴方は喧嘩を売っているのか!?」

「おや、知能指数が低くてもそれくらいはわかりますか。私の婚約者を口説き、先に喧嘩を仕掛けてきたのは貴方です。私はそれに応戦しただけにすぎません」

「僕はそんなこと認めない！」

「戸籍を確認してきましたが、籍は抜けていますので貴方の同意など必要ありませんよ。貴方と私の愛しの婚約者は赤の他人です。ああ、それと勝手に再び婚姻扱いにできないようにも手配してきました。偽造サインで再び婚姻などできませんのであしからず。彼女から土地や建物を取り上げたやり方はもう通じませんので」

　その言葉にカフェの人達がざわざわと騒ぎだし、リックスの顔が青くなる。

「……取り上げたなど、失礼だ！　全部彼女の意思でやったことだろっ！」

「ええ、睡眠も食事もろくにあたえず、外部との接触を遮断して意志薄弱にして同意させたのでしょう？　本来あの規模の取引なら神殿の審判委員の立ち合いの下サインをしなければいけないはず。ですが全て我が婚約者が不在のまま所有物の名義が継母や貴方に移動していました。はて、おかしいですね？　何故でしょう？」

そういえば、そうだ。なんで私が神殿に行ってないのに名義移動が完了しているの？

カフェのざわめきがさらに広がり、私も思わずリックスを見る。

「なっ！　さっきから失礼な!?　君は大体誰だ！」

リックスが大げさに指をさすと、ヴァイス様は優雅にお辞儀をした。

「名乗りが遅くなって申し訳ありません。私はヴァイス・ランドリュー。ランドリュー商会のものです。何か物申したいことがありましたら、そちらの方へどうぞ。さてそれでは行きましょう」

そう言いながら、ヴァイス様が私の肩に手をまわす。

「……まて！　シルヴィア、君はそれで本当にいいのか!?」

リックスが私に縋るように言うと、ヴァイス様が皮肉めいた笑みを浮かべた。

「いい？　それは何に対する問いですか？　私は貴方と違い妻の財産を取り上げて、美容にかけるゆとりどころか睡眠すらとれない激務を押し付けたりしませんので。誰から見ても私の方が優良物件だと思うのですが」

「貴方には聞いてない！」

「貴方が聞いているかどうかなど知ったことではありません。そもそも貴方は私の婚約者に問いかける権利すらない。婚約者を守るのは私の仕事です」

ヴァイス様が私をつれて歩きだし、止めようとしたリックスをマーサさんが押しのけた。

「待ってくれ！　シルヴィア！」

「ちょっとどうなっているのよ！」

後ろでリックスとサニアの二人の声が聞こえて、私は怖くてヴァイス様のスーツを必死に掴んだ。

「大丈夫ですよ。私がいますから」

そう言って抱き寄せてくれたヴァイス様のぬくもりは温かくて泣きそうになる。

嬉しくて、温かくて。そうだ、私はずっと誰かに認めてもらいたかっただけだったのに。

なんでこんなことになったのだろう。

そして私のことを守ってくれているのが、何年も一緒だったリックスじゃなくて、会って数回のヴァイス様だってことに悲しくなる。

――私達どこで間違ったのかな？

私はあふれる涙を止められなかった。

「……はぁ」

私はベッドの上で枕を抱えて、ため息をついた。

リックス達と別れた後、屋敷に帰って一人部屋に戻った私は、そのまま泣いてしまい、いつの間にか寝てしまっていた。ベッドから起きて、窓から見える景色は薄暗く、日が暮れてしまっていることに気づく。

鏡に映る自分は目の周りが真っ赤。みっともなく泣いてしまって、ヴァイス様やマーサさんたちに迷惑をかけてしまったことを恥ずかしく思う。でも、泣いて少しすっきりしたかもしれない。

心のどこかで、理解していた。もうリックスは学生時代の優しかった彼じゃない、自分のことを見ていてくれてないって。それなのになぜか必死に縋っていた。嫌われたくなくて。とっくに心は離れていたのに、それを認めなかったからこんなことになってしまった。

現実に向き合うのを怖がってしまったために、私はあの状態から抜け出すことができなかった。そう、私に足りなかったのは向き合う勇気だ。

変わらなきゃ、逃げないで現実に向き合って、前を向こう。

私はベッドから立ち上がると、いままで書いていた私にかかった費用の見積もりをびりびりと破る。

いままではお金を返して、ヴァイス様の下から逃げることだけを考えていた。契約結婚なんてできないと。

でも、私にとっては大金でも、ランドリュー商会のヴァイス様には微々たるものだ。ヴァイス様にとってははした金にしかすぎないお金を返したところで、それは私の自己満足でしかないだろう。そんなことで返せる恩義じゃない。大事なのは、私のためにいろいろしてくださったヴァイス様達の気遣いで、お金じゃないんだ。

ヴァイス様は守ってくれた。リックスの時だけじゃない。私が正常な判断ができない状態なのを知っていたからこそ、マーサさんとキールさんに私を任せて正常な判断ができるまで、面倒をみてくれていた。それなのに私は好意だけに甘えて不誠実な態度をとっていただけだった。

ヴァイス様は私が人並みの生活ができるようになるまで根気強く面倒を見てくれて、リックス達から助けてくれた。ここまでしてもらったんだもの、ヴァイス様の望む契約妻になって、ちゃんといままでしてもらったことに見合うだけの仕事をして、恩返ししなきゃ。

もう逃げない。絶対にヴァイス様の役にたってみせる。

私は破いた紙をゴミ箱に入れて、立ち上がるのだった。

「こちらに戻るのが遅くなって申し訳ありません。本国の仕事の処理に手間取ってしまいました」

応接室でシルヴィアの向かいに座ったヴァイスが切り出した。

リックス達に喧嘩を売った後、ヴァイス達はシルヴィアを連れ屋敷に戻った。シルヴィアが自室で落ち着くのを待ち、応接室に呼び出したのである。応接室のソファにはヴァイスとシルヴィアが座り、ヴァイスの後ろにはマーサとキールが控（ひか）えていた。

「助けていただいて本当にありがとうございます。きてくださって本当に嬉しかったです」

シルヴィアは頬（ほお）を赤く染めて微笑（ほほえ）んだ。そしてぎゅっと拳（こぶし）を握（にぎ）りしめ、まっすぐとヴァイスを見つめる。

「本当に契約結婚の相手は私でよろしいのでしょうか？」

「はい。貴方（あなた）さえよろしければですが」

にっこり微笑むヴァイス。

「逃げられないように囲い込んでおいてよく言……」

がっ！

何かぼそっと言おうとしたキールの足をマーサが思いっきり踏んでキールを黙らせた。

「あ、あの……？」

声を殺して痛がるキールに視線を向けてシルヴィアが困った表情になる。

「ああ、気にしないでください。彼らはいつもああですから」

ヴァイスがそう言うと、キールが「あはは」と笑いながら大丈夫アピールをして、マーサもニコニコと手をふる。

「あ、は、はい。わかりました。ではその前に契約書の作成をお願いいたします」

シルヴィアが真面目な顔で告げた。

「契約書……ですか？」

「どのような妻を演じてほしいのか、事細かく書いたものをいただけるととても嬉しいです。必ずなれるわけではありませんが、なれるように努力します」

その言葉に再びキールが腹を押さえ「くくく」と笑い、マーサに足を踏まれ悶えた。

「何か楽しそうですね。言いたいことがあるなら言ったらどうです」

後ろで笑っているキールをヴァイスが睨み、ふぅっとため息をついたあと。

「わかりました。確かに仕事である以上、契約書は必要ですね。今日中に用意させていただきます」

ヴァイスはにっこりと微笑んだ。

「……契約書ですか、まぁ契約結婚なのだから当然ではありますが」

シルヴィアが自分の部屋に戻るのを見送ったあと、ヴァイスは明らかにうなだれた。

「……ところで旦那様。前からお伺いしたかったのですが、何故彼女と契約結婚などしようと思ったのですか？　これといってメリットが浮かばないのですが」

キールがヴァイス用のお茶を用意しながら尋ねる。

そう、商人であるヴァイスが結婚するのは決して悪いことではない。

結婚適齢期をすぎても結婚していないのでは、商売相手によっては信用が下がることもある。何より貴族が相手の商品が多いランドリュー家は社交界に出席することが多く、伴侶はいるにこしたことはない。

だが、相手は別にシルヴィアでなくてもいい。

あのように家を追い出され、負債にしかならない女性を伴侶に望む理由がわからない。

「本当にわからないのかい？」

マーサに言われて、キールがヴァイスを見ると、ヴァイスは明らかに顔をそらしている。

だが、後ろから見ても耳まで赤くなっているのがわかり、キールはぎょっとした。

「いままで女性どころか人間そのものを、お金になるかならないかで判断していた旦那様がっ！　その旦那様が恋ですか！　しかも一番ないと思っていた一目惚れ!?」

「……恋とは突然やってくるものだと、言っていたじゃないですか」

ぽつりとヴァイスが言うと、キールが顔を真っ青にした。

「これは人類滅亡の前触れかもしれません⁉　もしかして空から槍が降ってくるかも⁉」

真顔で天井を見上げるキールの耳をマーサが引っ張る。

「す、すみません。全人類を敵に回しても笑顔で凶器を振り回していそうな旦那様に愛しい人ができるとは、夢にも思いませんでした」

「……キール、貴方とは一度じっくり話し合う必要がありますね」

威圧のオーラを放ちながら笑うヴァイスに、キールは思いっきり背筋を伸ばす。

「も、ももも申し訳ありません！　にしても素直に契約ではなく正式に結婚してほしいと言えばよろしいのでは？」

「契約で誤魔化すのは卑怯ですよ」

腕を組んでマーサも頷いた。

「ふむ。返す言葉もありませんね。ですが卑怯は誉め言葉です。このままでいきましょう」

「何故この流れでそういう結論になるのですか」

ヴァイスの言葉にキールが薄目で突っ込む。

「断られたらどうするのですか。まだ会って一か月ですよ。会話した時間などごくわずかです。断られるに決まっています。私は勝算の低い賭けには挑まないタイプです。常に最善の策を選びます」

「かっこいい風に言っていますけど、言っている内容は普通にヘタレですよね」

突っ込むキール。

「家同士の結婚など所詮そのようなものではありませんか。当人たちの意思など後回しでしょう？　この歳で恋だの愛だの言うつもりはありません。情さえ芽生えさせてしまえば私の勝ちです」

決め顔でいうヴァイス。が、大体ヴァイスがこの顔を二人にするときは、自信のなさの表れだということは、小さい頃からのつきあいの二人は熟知していた。

「まったく変なところでヘタレなんだから」

マーサが大きくため息をつくのだった。

「最近ポーションの効能に対する苦情と返品が多いわ。どういうことかしら？」

エデリー家の執務室で、マリアが従業員に問う。

「そ、それがいままでしていた薬草の取引が難航していまして」

「つまり薬草が仕入れられなくて、商品の質が落ちている？　仕入れられない材料は別の材料で代用したのではなかったの？」

従業員の答えにマリアは頬杖をついて尋ねる。

「代用はしているのですが、材料が変わったために品質も落ちていまして……」

「前も似たようなことがあったじゃない。その時は大丈夫だったでしょう？　リックスに新たな薬草でちゃんと効くポーションのレシピを作らせなさい。そのためにサニアとリックスを結婚させたのだから。それとサニアもきつく叱っておかないと。商品の仕入れをまさかシルヴィアにさせていたなんて」

マリアは大きくため息をついた。いままで商品の仕入れはサニアがしていたというサニアとリックスの証言を真に受けて、シルヴィアを追い出したが、追い出した途端にこの不始末である。

「困ったものだわ、まったく。サニアにはきつく言う必要があるだろう。いますぐサニアを呼び出して」

マリアは従業員に告げるのだった。

「むかつく！　お母さまに怒られたじゃない」

エデリー家のサニアの自室でサニアは部屋においてあったゴミ箱を蹴とばした。

サニアはマリアにいきなり執務室に呼び出され、かなりきつく叱られたのだ。

原料の仕入れなんて、従業員に任せておけば勝手にしてくれると思っていたのに、ふたを開けてみたら、実際商品を仕入れられていたのはほとんどシルヴィアのおかげだった。シルヴィアがシルヴィアの父の友人の伝手でポーションの材料となる薬草を買いつけていたのだ。シルヴィアがいなくなった途端、伝手で買っていた取引先が「シルヴィア嬢ちゃんがいないのにそちらに卸す義理はない」と、取引を一方的に打ち切ってきた。ちゃんと辞める時に根回ししなかったシルヴィアのせいだ。

きっとシルヴィアがサニアの可愛さに嫉妬して、辞める時に悪口を言いふらしたのだ。

しかも、離婚して一か月もたたないうちに新しい男を作った。それがランドリュー家という超お金持ちの商会の若きやり手商人で、リックスなんか相手にならないくらい超美形で、さらにむかつく。

錬金術師として有名なエデリー家の令嬢として社交界デビューして、他の商家の人々にちやほやされる予定だったのに、これではシルヴィアの方が目立ってしまう。

（こうなったら今度エデリー家の開催するパーティーで、エデリー家の正式な後継者は私とわからせなきゃ。綺麗にドレスアップしてみんなに可愛いって褒めてもらって、お姉さまより凄いって見せつけてやるわ！）

サニアはずかずかと、ドアに向かって歩きだすのだった。

二章　愛の告白と謝罪と花火

次の日。応接室でヴァイス様に契約書を渡された。数枚の綴りで契約内容が書いてある。

「ではこれを」

私は書類に目を通して、ヴァイス様に尋ねる。

「……まずは半年、結婚ではなく契約婚約ですか？」

「はい。この国の法律で、離婚した女性は一定期間国外に出ることができません」

ヴァイス様の言葉に私は頷いた。昔まだこの国が今よりも小さかった頃、不正が横行していた時にできた法律だと学校の授業で習った。役人が国などから資金を横領し、罪が発覚しそうになると、配偶者である妻に資金を全部託し偽装離婚。その後、妻だけを国外に逃がして不正に稼いだ金を他国に持ち逃げする事件が多かったためできた法律らしい。

「貴方が国外に出られないその半年の間、婚約ということで契約を結びましょう。その期間に貴方が無理と感じたら、契約結婚はなしという形で」

ヴァイス様が私の目を見つめて言う。

「……それは逆に言えばヴァイス様が無理と感じても契約を終了するということですね」

そう、つまりその半年間の契約婚約は雇用するための試用期間ということなのだと思う。

「そうなりますね。どちらが望んだ場合でも、契約不成立後の職も衣食住も保障いたします。私にも世間体がありますから、その点においては心配しないでください」

「はい、ありがとうございます」

「それでは、早速で申し訳ありませんが、朝食にお付き合いいただけますか？　マイレディ」

そう言いながらヴァイス様が手を差し出してくれて私は微笑んだ。

豪華な食堂で私は今ヴァイス様と長いテーブルで向かい合って食事をしている。けれど、緊張でナイフとフォークが震えている。やっぱり試用期間だと思うと緊張してしまう。食事に四苦八苦していると、ヴァイス様がふふっと笑う。

「それほど緊張しなくてもいいと思いますが。食事マナーのテストではないのですから」

「も、申し訳ありません」

笑って答える私。けれど緊張で笑みまで引きつってしまう。

――貴方は何をやっても駄目なのよ――

――君は意外と不器用だよね。そんなこともできないのかい――

――お姉さまは仕事しか取り柄がないから――

思い出さなくていい言葉が頭に浮かび、思わず私は頭を振る。途端。

カラン。

音を立ててフォークを床に落としてしまう。

やってしまった。

テーブルマナーで一番やってはいけないことを。

頑張るって誓ったはずなのに、初日から失敗するなんてどうしよう。

慌てて、ヴァイス様を見ると、ヴァイス様はにっこり笑う。

「ふむ。では、こういったのはどうでしょう？」

ヴァイス様は席を立つと、そのまま歩いてきて私の隣に座る。

「え？」

「私が食べさせてあげましょう。こちらのフォークはまだ私も使っていませんから」

微笑みながら食べ物をフォークでとると、私に食べさせようとしてくれる。

え、え、え。

慌てる私。これでは普通の恋人同士みたいになってしまう。

「あ、あの！　あーんは流石に⁉」

「一度やってみたかったのですが……駄目でしょうか？」

しょんぼりするヴァイス様に私ははっとする。

なるほど。ヴァイス様はお忙しくて恋人を作る暇もないから、こういうのにも憧れていたのかもしれない。顧客の要望に応えるのも、仕事のうち。ヴァイス様がやってみたかったのなら全力で応えないと。

「そ、それではいただきます」

「はい、どうぞ」

緊張しながらパクリと食べると、ヴァイス様が少し顔を赤らめて笑ってくれる。

その顔があまりにも綺麗で思わず見惚れてしまうけれど、これはやってみたかったことをできて嬉しいだけ。勝手に好意があると勘違いしては駄目だと自分に言い聞かせた。

「美味しいですか」

「お、美味しいです」

「それはよかった。では新しいナイフとフォークを持ってきます。お待ちください」

席を立つヴァイス様の背を見送って、私は大きくため息をついた。

心臓がいくつあってももたりないかも……と。

緊張だらけの食事が終わり、私はヴァイス様と屋敷にある庭園にきていた。

キールさんやマーサさんは小さいと言っていたけれど、花園があるだけでも普通に凄いと思う。色とりどりの花が植えられ手入れもきちんとされている。

おそらく売りにだされてすぐ買い取ったのだと思う。

庭園の手入れ具合から本当に売る直前まで丁寧に使われていた屋敷……まさか無理やり買い取ったりはしてないはず。……はず。ヴァイス様の噂を思い出して私は思わずヴァイス様の顔を見た。

【目をつけられたら必ず死が訪れる死の商人】

それがヴァイス様の噂。けれど噂と現実は全然違うと改めて思い知らされる。

優しくて人柄のいいと噂のリックスは妻を虐げる人だったし、ヴァイス様は行き倒れの私にここまでしてくださる優しい人。噂とは正反対。

つい見つめてしまい、目が合うとにっこりと微笑んでくれて、顔が熱くなる。

「す、すみません」

「おや、何故謝るのでしょう?」

「え、そ、そ、それは思わず顔をまじまじと見てしまったからです」

「婚約者に見つめられ迷惑ということはありません。私は貴方の瞳が拝見できてとても嬉しいですが」

「瞳……ですか?」

「はい。貴方のエメラルドグリーンの瞳はとても綺麗で、心惹かれます」

顔を近づけてくるヴァイス様。

……ちょ、ちょっと待ってください。あまりにも顔が整いすぎて、そんなに近づけられると恥ずかしいっ!?

「あ、あの、光栄です」

慌てて視線をそらすと、「おや、迷惑でしたか。では以後気を付けます」とヴァイス様。

「い、いえ迷惑とかじゃなくて慣れてなくて」

「そうですね。まだ会って数回で縮める距離としては、性急だったかもしれません」

ヴァイス様が内ポケットから何かを取り出そうとして、慌ててポケットに戻した。

「どうかなさいましたか？」

「いえ、気にしないでください。どうも考え事をするとき葉巻を吸う癖がありまして」

「葉巻ですか？」

「はい。シャーゼの葉の葉巻です。疲れを忘れるために吸っているうちに、いつの間にか癖になっていました」

シャーゼの葉の葉巻。疲れた体力を回復させ、頭の回転をはやくする効果のあるものだ。それ故、薬の原料としても需要が高い。私も働いていた時はその葉の確保でかなり四苦八苦した。需要が高すぎて競合相手が多すぎたのだ。なんとか父の代での付き合いで融通してもらえたけど、コネがなかったら手に入れるのは難しい。葉巻となれば一本でも平民のひと月の給与くらいはいくだろう。それを常用しているということはやっぱりお金持ちなんだなと感心してしまう。

「私は薬の匂いに慣れていますから大丈夫です。気にしないでください」

「流石にそれは。髪やドレスに匂いがうつるのを嫌う方もいらっしゃいますからね」

そう言いながら笑うヴァイス様の顔は本当に綺麗で、つい見惚れてしまう。

ヴァイス様は本当に優しい。でも――その優しさはいつまで続くのだろうという不安もある。リックスだって最初から冷たかったわけじゃないから。

この優しさに甘えたいという自分。優しさなんてすぐに終わると訴えている自分。強くなろうと誓ったのにいまだに臆病な自分に心の中でため息をついた。

「少しだけ止まっていただいてよろしいでしょうか」

考え事をしながら歩いていると、呼び止められる。

「はい？」

「貴方にプレゼントがありまして」

「私にですか？」

「はい、これです」

ヴァイス様がコートから花束を取り出した。青い綺麗な花の花束。

コートからなぜそのサイズの花束が？　と、どうでもいいことに疑念が浮かび、私はまじまじとその花を見つめ――そして気づく。

「これは……」

「テーゼの花です。マイレディは青い花が好みだとマーサに聞きまして」

ヴァイス様がとりだしたのはとても貴重な青い花。魔力の高い地でしか育たず、しかもすぐに枯れてしまい、保存方法も確立していない伝説級の花で女性は男性からこの花を贈られると幸せになると言われている。そのため、貴族令嬢の間ではこの花を贈られるのが、最上級の愛情表現と謳われるほどで、庶民にいたっては手に入れることすらできない。

「凄いです！　ゴルダール地方でしか咲かないポーションの原料になる花です！　でもこの花は凍結の魔法はきかないはずですが、なぜここで？」

「この国の王室の温室では育てていまして、知り合いからその花を分けていただきました」

ヴァイス様が笑顔で言う。

嬉しい、ずっと憧れていたテーゼの花がここにある。

「あ、あの抽出してきていいですか⁉」

「……え？」

「この花でしか取れないポーションの成分があるのです！　枯れてしまう前に抽出しないと手に入らなくて！」

枯れてしまってはその成分は抜き出せない。花から成分が抽出できるのは綺麗な青色の花をつけている間だけ。一秒も無駄にできない。

「ああ、なるほど。それは急いで作業しないとですね」

ヴァイス様が考えながら視線を屋敷の中央に向けた。

「あ、せっかく、頂いたプレゼントなのに……」

「大丈夫ですよ。こちらへ」

さりげなく手を添えてくれて、案内されたのは中庭にぽつんと建った可愛い建物だった。中に入ると、錬金術に必要な道具が並んでいる。

「ここは」

「マーサに貴方は趣味も錬金術と聞きまして、用意させていただきました。屋敷の中でもよかったのですが、錬金術師に聞いたところ、中庭が魔力を集めやすい場所で一番向いていると言われまして。それなりに詳しいものに用意させたので、ある程度道具は揃っていると思います」

「十分です、ありがとうございます！」

「ええ、どういたしまして。それではその作業が終わるのは何時間ほどでしょうか？」

「抽出自体は二時間くらいで終わると思うのですが……あ」

そこで私ははじめて気づく。ヴァイス様にお礼も言ってないうえに、せっかく設けてくれた親睦の時間を無駄にしてしまっている。

「も、も、申し訳ありません、お礼もまだなうえ貴重なお時間なのに」

「いえいえ、私のことはお気になさらず。もしよろしければ抽出というのを見学していてもよろしいでしょうか？」

「見学……ですか？」

「はい。最近、うちの商会も錬金術を取り入れた化粧品作りをはじめる予定で、錬金術を勉強中でして。噂に聞くエデリー家の錬金術がどのようなものなのか拝見させていただけると」

そう言いながら、ヴァイス様が私の手を取る。

「それに貴方とともに過ごしたいという願いもあります。お邪魔でしょうか？」

「ぜ、全然邪魔なんてことはないです！」

私は慌ててよくわからない返事をしてしまう。ヴァイス様はにっこり微笑んでくれた。

「まず、花びらから魔力を抽出します」

私はフラスコにヴァイス様から頂いたテーゼの花の花びらを大事に入れて、そこに純粋な無属性の魔法液を注ぎ込む。そして魔法陣の上におくと、ゆっくりとそれに魔力を送る。

「魔法陣ですか。この方法ははじめて見ます。私が見学した錬金術師協会では、魔石で魔力を供給する魔力コンロを使っていましたが」

ヴァイス様が物珍しそうにその作業を覗き込む。

「錬金術師協会というとヴァイス様の国のですか？」

「はい。錬金術を扱うにあたり、知識は身に付けておくべきだと思いましたので、少々見学に」

私が聞くと、ヴァイス様が頷いた。

ヴァイス様の住む国はこの大陸でも三本の指に入るほどの大国だ。その錬金術師協会ともなると、かなりの規模で技術もかなり進んでいるはず。錬金術師協会は各国に存在し、協定を結んではいるものの、国によって独立した機関だ。錬金術師として活動する際には活動する国で免許をとる必要がある。錬金術の商品を売るためには一定の金額を協会に納めなければいけない。錬金術師協会にお金を納めることで、錬金術師として保証してもらい、作製したポーションや魔道具を自国、および他国に売ることができるのだ。

それゆえ国が大きく経済活動の活発な国は在籍する錬金術師が多く、錬金術師協会の規模も大きくなる。ヴァイス様の暮らす国はかなり豊かなため、錬金術師協会の経済力も高く、高名な錬金術師も多く在籍しているはず。だから大国の錬金術師協会でも、魔力コンロが主流なのは少し意外だった。

「魔力コンロは確かに便利ですが、微妙な魔力調整が難しいんです。テーゼの花はとても繊細で、注ぎ込む魔力量を間違うと、すぐに無属性の魔力と結びついた後、同化してしまいます。同化する前に、抽出しないといけないので」

私の説明にヴァイス様が魔法陣を見つめて「なるほど。これは素晴らしい」と、頷いた。

――いいんだ僕なんて才能がないから――

唐突に、昔の記憶が蘇る。

私が質のいいポーションを作ると、いつもリックスはそう言って悲しんだ。その後もたびたび弱音を吐かれて、彼の前でポーションを作るのをやめてしまった。

気が付くと、彼は嫌だとは言わなかったけど察してくれという態度が酷くなってきて、私が好きなものをどんどん奪われていった気がする。

でも、ヴァイス様は本当に嬉しそうに褒めてくれて、私は顔が熱くなる。

「すみません、邪魔をしてしまいましたか？」

私が頬を押さえていると、ヴァイス様が心配そうに聞いてくれた。

「い、いえ、なんでもありませんっ。次は魔法液からテーゼの花の魔力を抽出しますね」

私は別に用意しておいた、錬金術用の魔法のマットに描いた巨大な魔法陣の上にフラスコをおいた。そして魔法陣に魔力を送る。途端、魔法陣が光りだし、フラスコの中がぐつぐつと沸騰したような状態になった。

『不浄なるものを取り除き真に望みし魂と理の原初の力のみを我に――』

私は錬金術を発動するために必要な言葉――精霊語を紡ぐ。その言葉とともに、魔法液は全て消え、そこにはぽわっとした青い純然たるテーゼの花の魔力だけが浮かんだ。

「――なるほど。これがテーゼの花から抽出した魔力ですか。綺麗な色ですね」

フラスコの中でふわふわと浮いている、青く澄んだ光の魔力の結晶を見てヴァイス様が感想の声をあげた。

「はい。これがポーションの材料になります」

「エデリー家は他の錬金術師が持ちえない、秘術を持ち合わせていると聞き及びましたが、なるほど、どうして。確かに高い技術力です」

ヴァイス様がそう言いながら、フラスコを大事そうに私に渡す。

「いえ。そんなことは……」

私が慌てて首を横に振ると、ヴァイス様はひょいっと私の顔を覗きこむ。

「謙遜はよくありません。私は錬金術の知識に触れた程度ではありますが、魔法全般においてはそれなりに見識があるつもりです。貴方はもう少し自分の力を誇った方がいい」

「え?」

「私の国の錬金術師協会では高位の錬金術師も魔力コンロを使っていました。貴方はその理由がわかりますか?」

ヴァイス様の問いに私は考える。大量生産なら確かに魔力コンロは必要だ。とにかく数をこなさなければいけないので、一つ一つじっくり見ている暇もないし魔力がもたない。

エデリー商会も商品の生産の際には魔力コンロを使っている。でも魔力の機微は調整できなかったはず。……だとすると。

「……やはり、ヴァイス様の国の錬金術師協会が使っている魔力コンロが高性能なのでしょうか？」

私の答えにヴァイス様は首を横に振る。

「魔法陣であれほどの繊細な魔力量をずっと維持するのはかなり高度な魔法技術だからです。燃料をくべながら炎の火力を一定に保つのが難しいように、魔力もまた同様です。どうしても魔力量がぶれてしまいますからね。長時間、魔法陣の魔力を一定量に保てる錬金術師……いえ、魔術師を含め、あれだけのことができる人物はそういないでしょう。これだけ純粋な魔力として抽出できたのは貴方の魔力を操る技術力の高さ故です」

少しかがんだ状態で綺麗な瞳で上目遣いをされて、思わず顔が熱くなる。

そ、そうなのかな？　で、でもそこまで大げさなことじゃないと思うけど……。ヴァイス様はお世辞がうまいから照れてしまう。

「今から作ろうとしているのはどのような効果のポーションなのでしょうか？」

嬉しそうに聞くヴァイス様の言葉に、ヴァイス様に見惚れていた私ははっとした。そうだ、よく考えたら、もう治すべき父もいないのに、何故私は抽出に拘ったのだろう。

「……その、父の病に効く薬ができるはずでした」

「お父様ですか？」

「父はポーションなどを試飲で過剰摂取してしまったため、体に不調をきたしてしまう奇病にかかって、命を落としてしまったのです」

「ポーション過剰摂取による、病気？」

「はい、そうです。ポーションがどうやって身体を回復させているかご存じですか？」

「人間本来の治癒力を高める……でしょうか？」

私の質問にヴァイス様が答えてくれる。

「その通りです。人は傷つくと回復するために、魔素免疫を活性化させます。ですが、ポーションの過剰摂取で魔素免疫を司る組織がおかしくなり、傷ついてもいないのに、身体が魔素免疫を活性化して魔力を過剰放出する体質になってしまったのです」

「なるほど。それは気を付けないと。私も他人事ではありませんね」

ヴァイス様が苦笑いを浮かべた。そう言えばヴァイス様も葉巻を吸っていた。確かにとりすぎるとよくないかもしれない。

「そうですね。紫色の痣ができはじめてしまったらその兆候です。気を付けてください」

「肝に銘じておきます」

そう言ってヴァイス様が笑ってくれた。

「はい。どうぞマイレディ」

街中の賑わっている通りでヴァイス様が今流行しているという棒状のお菓子を買ってきてくれた。長いスティック状の果物を油で揚げて、砂糖をまぶしてある。

「ありがとうございます」

受け取って、ヴァイス様に笑う私。テーゼの花から魔力を抽出した後、ヴァイス様がこの街の様子を視察したいということで婚約者として私が案内することになった。

外で食べ歩きなんていつぶりかな？　友達と外で楽しく遊んでいた学生時代以来かも。息抜きにいろいろな景色を見て回ることになって、いまヴァイス様と二人で賑わう街中を歩いている。こうやって街中を自分の足でちゃんと歩いてぶらぶらするのも楽しい。

ヴァイス様は控えめな黒を基調とした服装だけど、それでもやっぱり目立ってしまっていて、時々チラチラと女性が視線を送っているのがわかる。恥ずかしいけれど、これも慣れないと。契約が成立したらヴァイス様の妻としてともに歩くことも多くなる。

そのたびに照れていては駄目。ちゃんと妻としての責務を果たさないと。

たわいもない会話をしながら、ヴァイス様に街中を案内するのは楽しかった。学生時代に戻ったみたい。

「この泉は願いが叶うと言われている泉なんですよ」

橋から見える泉を指さすと、ヴァイス様がふむと泉を覗き込む。

とても澄んだ水で、泉の底には、綺麗に色の塗られた石がたくさん鏤められたかのように落ちていた。近くには色の塗られた石を売っている人がいる。

「なるほど、あの石を買って願いを書いて投げ入れるわけですか」

「はい。豊穣祭のときなど、人がいっぱい集まる日はとても賑わうんです」

「では、私も一つお願いをしてみましょうか。マイレディはどうします」

「じゃあ私も、お願いしていいですか？」

そう言って泉の底を見た。

たぶん石は毎年底をすくって入れ替えているのだろうけれど、自分が昔投げた石がないか捜してしまって、苦笑が浮かぶ。病気になった父が治るようにと必死に祈りながら何度も願いを書いた石を投げ入れた。——けれど結局願いは叶わなかった。父は奇病にかかって帰らぬ人になってしまった。

結局願掛けは願掛けでしかない。望みは自分で切り開かなければ叶わない。

だから、ちゃんと強くならなくちゃ。

「はい、どうぞ。気に入っていただけるといいのですが」

考え事をしていたら、急に後ろから声をかけられて、私は慌てて振り返る。そこにいたのはヴァイス様で目の前に石を差し出してくれた。

「ありがとうございます。綺麗な赤い色ですね」

「願掛けついでにお互いの瞳の色にしてみました」

嬉しそうに笑って、ヴァイス様が自分用の綺麗な緑色の石を取り出す。私の瞳と同じ色。

——貴方のエメラルドグリーンの瞳はとても綺麗で、心惹かれます——

ヴァイス様の言葉が思い出されて、耳が熱くなるのを感じる。

「どうかなさいましたか？」

顔が赤くなったのを隠そうと頬を押さえた私にヴァイス様が不思議そうに聞いてくる。

「い、いえ、何をお願いしようか迷ってしまって。ヴァイス様は決まりましたか？」

「はい。私の願いは最初から決まっていますから」

ヴァイス様が言いながら、私の手を取る。

「これからもずっと貴方とともに歩めますように。それが私の願いです」

真剣な表情で綺麗な赤い瞳で見つめられ、私はドキリとしてしまう。

ヴァイス様はただでさえ、かっこよくて、素敵なのにその表情で今のセリフはいろいろ駄目だと思う。契約結婚のはずなのに誤解してしまいそうになる。

「は、はい！　立派な契約妻になれるように精いっぱいがんばります！」

私が言うと、ヴァイス様が微笑んでくれた。

その後一緒に願いを書いた石を泉に投げ入れて、お互いふふっと笑う。

「これからも、よろしくお願いします。マイレディ。私も貴方に見合うだけの夫になれるように努力しま……」

言いかけて、ヴァイス様が私を急に抱きしめた。

「ヴァ、ヴァイス様？」

私がヴァイス様を見上げると、ヴァイス様が見ていたのは私ではなく、私の後方に視線を向けていた。私もつられてそちらに視線を向けると――そこにいたのは、買い物をしていたのか近くの店から出てきた継母のマリアとサニアだった。

「あら、久しぶりじゃないシルヴィア。まさかこんなところで貴方と会えるなんて」

継母が私たちに気づいて話しかけてきた。

「ね、お母さま。シルヴィアお姉さまずるいの！　あんな美形と！　リックスよりかっこいい！」

ずかずかとサニアまで寄ってくる。

嫌だ。どうしてこの二人がいるの？　また責められてしまう。怖くなって私はヴァイス様の服を必死につかんだ。

「そんな無能な子のどこがいいのかしら」

継母がヴァイス様と私を上から下まで見て、つぶやいた。

「おや、新しいエデリー家の当主様はマナーもなっていないらしい。初対面の相手に挨拶もなく悪態ですか」

笑いながらヴァイス様が私を守るように抱き寄せる力を強める。

「私が話しかけたのはそこの出来損ないの錬金術師です」

継母が言うと、ヴァイス様がにんまり笑う。

「なるほど。私に話しかけたご自分の行動も覚えてない鳥頭なうえに、目は節穴と見える」

「言っていいことと、悪いことがあります」

ヴァイス様の言葉に持っていた日傘をぎりっと握って継母が言う。

「自分の失礼な発言は許されて、言い返されたら許さないというわけですか？　随分自分にだけ都合のいい思考回路をお持ちで、うらやましい。貴方の先の発言も十分失礼ですよ」

「それはシルヴィアに言ったことでっ！」

「彼女は私の婚約者です。彼女に対する侮辱は私に対する侮辱も同じ。それに先ほどの貴方の発言は聞き捨てなりませんね。彼女の錬金術師としての腕は一流です」

「は、ろくにポーションも作れないじゃない」

継母が言うと、サニアも「そうよ、だってそうリックスが言っていたもん」と腕を組む。

「ふむ、なるほど。では貴方達は彼女がポーションを作るところをその眼で確かめたのですか？」

「え？」

ヴァイス様の言葉に聞き返すサニア。

「貴方達は彼女の錬金術をその眼で確かめたのかと聞いているのです。私は彼女の錬金術を拝見させていただきました。間違いありません。彼女はエデリー家の名に恥じぬ錬金術の使い手です。私からすれば何故これほど優秀な人材を手放したのか、同じ経営者として理解に苦しみます」

「そ、そんな戯言」

継母が頬をひきつらせた。

「では現状どうです？　彼女がいなくなった途端、ポーションの品質が下がっているようですが。貴方は自分の目で彼女の力を見ることなく、他人の評価を鵜呑みにした。その結果が今なのでは？」

「くっ」

ヴァイス様の言葉に継母がワナワナと肩を震わせた。

「まったく無能な経営者はこれだから。本質を見ようともせず、ろくに知りもしないくせに、聞きかじった知識で知った気になり判断を下す。それはいかに愚かで浅ましいことでしょう。同じ経営者として恥ずかしい限りです」

肩をすくめ、ヴァイス様が嘲笑う。

「つ、付き合っていられないわっ！」

ヴァイス様の言葉にぎりっと奥歯を噛みしめたあと背を向けて継母が歩きだし、サニアが「ちょっと待ってよ、お母さま！」と慌てて後を追っていく。

「はい、二度とお目にかかることのないように心から祈りますよ」

継母とサニアの背に手を振るヴァイス様。

「ヴァイス様」

継母が去ったのを見送って私は慌ててヴァイス様の顔を見上げた。

「すみませんでした。私の調査不足で貴方に怖い思いをさせてしまいました。こんなところで鉢合わせしてしまうとは」

ヴァイス様は少し悲しげに微笑んだ。

「そんなことありません、こうやって助けていただきました」

「いいえ、今回の件は問題が発生する前に事前に防いでおかねばいけない案件でした。彼女達の行動範囲を事前に予測して、近寄らないようにしなければいけなかった。貴方の手を煩わせてしまった時点で私の落ち度。申し訳ありません」

そう言って頭を下げてくれる。けれど違う、迷惑をかけてしまったのは私の方だ。

「そんなことを言わないでください。私は守ってもらうばかりなのに、私の家のことで迷惑をかけてしまっています」

「愛しい婚約者を守ることは迷惑ではありませんよ。マイレディ」

ヴァイス様が頬を赤らめて笑ってくれる。その笑顔が嬉しくて涙がこぼれそうになるけれど、ぐっと堪えた。これくらいで泣いちゃ駄目。私もいつまでも継母やサニア、リックスを怖がらないで毅然と対応できるようにならなくちゃ。

「私だって同じです。これほどよくしていただいているのに落ち度だなんてことありません」

私もにっこりと笑い返そうとしたその時、ヴァイス様の身体がぐらりと揺れた。

そして力なく私にもたれかかる。慌てて、抱き上げると、顔色も悪く冷や汗が酷い。

「……ヴァ、ヴァイス様っ!?」

私の悲鳴に近い声があたりに響くのだった。

「疲労と極度の睡眠不足です。十分に休ませてください」

あの後、近くで待っていたキールさんがすぐに駆け付けてくれて、屋敷にヴァイス様を運び込んで医者の人に診てもらった。そしてお医者さんの第一声がそれだった。

「まったく、旦那様は無理をしすぎなのです。寝る時間も削って仕事ばかりしていらっしゃるから」

キールさんの言葉に私はヴァイス様の手を握る。忙しい中私のために時間を割いてくれていたのに、結局私のせいで迷惑をかけてしまった。

そっと手をとって、あることに気づき私は、目を細めた。

「……ここは」

手の感触で目をさましたのかヴァイス様が声をあげた。

「痛むところはありませんか？　疲労で倒れてしまわれたのです」

私の言葉にヴァイス様は少し考えた後、ふむと頷いた。

「……ああ、申し訳ありません。少し気が緩んだのでしょう。もう大丈夫です」

ヴァイス様がにっこりと笑ってくれる。でも――。

「この腕の痣は？」

私は目覚めたばかりのヴァイス様を食い入るようにみつめて聞いた。

「痣？」

「右腕のこの部分です」

そう、ヴァイス様の右腕にできていた痣は――父のときと同じ紫色の斑点だった。

「今後ポーションの服用を一切やめてください。葉巻も一日二本までにし、最終的には吸わない方向でお願いします。このままだと命を落とします」

教えてもらったポーションと葉巻の数。そしてヴァイス様から測定した魔力と魔素の数値を見て私はヴァイス様、キールさん、マーサさんに告げた。

ポーションも葉巻の数もとてもではないけれど一日に取る量じゃない。普通の人ならお金がかかりすぎてとても摂取できる数ではないのだけれど、ヴァイス様はお金持ちがゆえできてしまった。ポーションの過剰摂取。父と同じ病気の可能性が高い。

「だから飲みすぎは駄目って言ったじゃないですか！　睡眠時間や休憩時間まで削って金儲けに走るからこうなるんです!!」

私の言葉にキールさんが慌てた様子でヴァイス様に詰め寄る。

「現状でかなりまずい状態なのでしょうか？」

まだ何か言いたそうなキールさんを遮って、ヴァイス様が私に聞く。

「今はまだ初期の症状です。少なくとも一年は回復系のポーションや指定量以上の葉巻の服用をやめましょう。体の免疫と魔力を正常な状態に戻せば問題ありません。このまま今の量の服用を続けていたら手の付けられないことになります。また葉巻はなるべく一日二本にしてください。急に全部やめるのもよくありません。午前中と午後にわけての使用でお願いします」

私の言葉にヴァイス様は「なるほど」と、頷いた。

「シルヴィア様を信用していないわけではありません。ですがそのような症例は聞いたことがないのですが」

キールさんが首をかしげる。

「……私の父の死亡原因です。父は自分の体で病気についてデータをまとめていました。私の父が、発表するようにと錬金術師協会に持ち込んだのですが、当時の錬金術師協会の理事長は、ポーションが売れなくなるからと握りつぶしてしまったのです。この病気で死ぬものは皮膚病と診断されています」

告げる私。そう、父の死亡原因も薬を多用したことでの魔素免疫の過剰防衛による皮膚の硬質化。そしてその硬質化は皮膚の次には臓器にまで転移してしまい、全てを動かなくしてしまう。父の時は気づくのが遅すぎ手遅れだった。

「……なるほど。以後は薬をやめて気力で乗り切りましょう」

ヴァイス様がにやりと笑って言う。

「それも駄目です。睡眠もちゃんととってください。これは脅しではなく、魔力を正常な状態に戻さなければどんどん病状は進みます。休息は絶対条件です」

力強く言う。身体を正常に戻すにはまず魔力の過剰活動を抑えなければいけない。それには睡眠は絶対条件だ。

「わかりました。大人しく寝ることにしましょう。だから泣かないでください。マイレディ」

そう言って、ヴァイス様が私の涙を指ですくいとってくれる。

死んでしまった父とヴァイス様が重なってしまって、いつの間にかあふれた涙を、私は恥ずかしくてハンカチでぬぐうのだった。

「いま、父の病の時には材料がなくて作れなかった治療用のポーションを作っています。もしかしたらこれを飲めば治るかもしれません」

私は錬金術用の建物でかつてヴァイス様から頂いたテーゼの花の魔力をつかったポーションをキールさんに差し出した。ヴァイス様は今まで飲んでいた体力回復の薬を急にやめた反動で、疲れやすくなり、倒れることが多くなってしまった。今は私が処方した活性化を抑える抑制剤を飲んで、ほぼ一日寝たきりの状態になってしまっている。

「では今すぐに飲ませてみますか？」

キールさんの言葉に私は首を横に振る。

「薬自体は完成しているのですが、魔道庫で熟成させないといけません。いますぐ服用してしまうと、あまり効果が出ない可能性が高いです。ですから基本は回復系のポーションの服用をやめることでの治療を続けたいと思います。休憩をきちんととる形で治療していきましょう。テーゼの花は生産地ですら栽培が終わっていて、今年はもう手に入りませんから、作れる薬はこれ一つです。慎重に服用してもらいたいと思っています。でももし私が不在の時にヴァイス様の状態が急変するようなら飲ませてください」

「わかりました」

　真剣な表情でキールさんが頷いた。

「この部屋にあるのが全部一日で読む書類ですか」

　ヴァイス様が寝たのを確認してから、私はキールさんと執務室にきていた。

　執務室には書類の山が乱雑に積み重なっている。まず取り組まないといけないのはヴァイス様の仕事量の削減。キールさんの話ではヴァイス様は仕事中毒だ。この問題をクリアしないときっと、こっそり仕事をしてしまう。

「はい。こちらにある書類が全てです。ですがこの書類は他の人には任せられません。旦那様のこだわりで全てやってしまいます。ああ、触らないでくださいね。位置にも意味があるそうです」

　キールさんの言葉に私は頷いた。ポーションの薬草の仕入れや、発注受注と一緒だ。薬草のとれる場所の天気や事件、そして発生した虫害など全ての情報を把握してはじめて見えてくることがある。だからヴァイス様は全ての情報に自らの目を通し、決裁している。

「無造作におかれているように見えますが、密接に関係していますね」

「はい？　と言いますと」

　私の言葉にキールさんが目を細めた。

「おそらくヴァイス様は西部の麦の注文を今年は増やしたのでは？」

「……よくおわかりになりましたね」

「ここに纏められているものは、東部で風の影響がでて、気温が上がり不作になるときに見られる現象です。翌年に不作になる可能性が高いため在庫を確保しておかないといけません。ポーションの薬草の仕入れと一緒ですね」

全ての数値には意味がある。まったく意味のなさそうな帽子が売れたという情報が、日照時間が増えたことによっておこった現象で、ある作物の収穫量がふえ、それにともないそれを食べる虫が増え、さらにそれを食べる小動物が増え、それを餌としていた魔物の増加で、その魔物を倒すのに有効な銀製の短剣が売れる予兆だったり。

些細な情報こそ見えない金脈が眠っている。ヴァイス様はその情報を見抜く力があるからこそ、一代で商会を大きくした。私では見抜けない情報をもヴァイス様なら見抜くのだろう。だから全て自分でチェックし、データを得るために人には決して任せない。

他の人が仕事をやると言っても、きっとヴァイス様は首を縦には振らないだろう。

でもこの仕事量のままでは体を壊してしまう。

使用していた薬には眠気を吹き飛ばす効果のあるポーションと、短時間でも深い眠りにつけるポーションがあった。あれを乱用して無理やり睡眠時間を極限まで削って仕事をしていた。しかも日常的に。

……そして私が来たことでやらないといけないことが増えてしまった。

　きっと普段だってキャパオーバーだったのに、私のせいで、いままで以上に薬に依存して症状が一気に現れた。だからちゃんと睡眠時間を確保しないと。

「キールさん、至急取り寄せてほしいものがあります」

　私の言葉にキールさんが優雅に頷いてくれた。

「眼鏡……ですか？」

　ヴァイス様が目を覚まして、一緒にとった夕食時、私はヴァイス様に自分の作った魔道具の眼鏡を差し出した。

「はい。私が作った魔道具です。……その、試していただけますか？　この眼鏡をかけて書類を読んでみてほしいのですが」

　私の言葉に、ヴァイス様はお礼を言いながら、眼鏡をかけて書類に目を通す。

「これは凄いですね。一目見ただけで情報が全てはいってきます」

　はしゃいだ声をあげて書類に次々と目を通す。やっぱりヴァイス様は使えた。嬉しくて私はホッと胸をなでおろす。

「何故このような素晴らしい魔道具を今まで世に発表していなかったのでしょう？」

　まるで新しいおもちゃを買ってもらったかのように目をキラキラさせて言ってくれるヴァイス様を、ちょっと可愛いと思うのは失礼かもしれない。

「えっと、その……使える方が限られているからです」

「ほう、魔力的な相性か何かでしょうか？」

ヴァイス様の言葉に私は首を横に振る。

「この魔道具は視覚の処理能力を超えた情報量を脳に直接送っています。それゆえ、その情報量を処理できる方しか使えません。同じ絵を一瞬だけ見せて、多くの情報を得る人と、あまり覚えていない人、その差が激しいように、この商品の欠陥は、脳の処理能力の高い人しか使えないという点です。それもかなり限られた一部の方。とてもではありませんが商品として売り出すことはできません」

――なんだ、こんなもの売れないじゃないか。君ってそうやって自分の頭がいいのを自慢するところあるよね。君しか使えないものを持ってくるなんて、僕が使えないことへの嫌味かい？――

数年前リックスに言われて以来封じてしまった魔道具。

でもヴァイス様なら使えると信じていた。

「この魔道具の欠陥は、全ての情報を視覚から脳に送ってしまうことです。私の技術では情報量をセーブすることも個人が理解できるところまで選別する機能をつけることもできません。そしておそらく今の魔道具技術では個人に調整することはできないでしょう。だから商品として発表するのも錬金術師協会への発表も控えていました」

「それはなんとも……もったいないですね」

「そうでしょうか？　脳の処理速度はある程度鍛えることは確かに可能ですが、生まれつきによるものも大きいと書物で読んだことがあります。貴族の方でも使えるのは本当にごく一部だと思います。世に出す意味がわかりません」

私が言うとヴァイス様は書類をめくる手を止めた。

「だからですよ、一部にしか使えないからこそ使える者が優秀であるという証明になる。そのプレミア感こそ貴族相手には重要です。実際に使えるかが問題なのではありません、この眼鏡を所持し、使えると見せることが重要なのです」

ヴァイス様が眼鏡をはずして、私に微笑む。

「そ、そういうものでしょうか？」

「使いすぎるとすぐ脳が疲れてしまうなど、使わないことへの言い訳もちゃんと用意して売り出せば、彼らはこぞって飛びつくでしょう。もちろん付加価値をつけるための綿密な戦略は必要ですが。そこは私にお任せください。そういったことに関してなら、こちらはプロなので。ですが、本当に貴方は凄いですよ。優秀と言うほかない」

眼鏡を再びかけて嬉しそうに書類に目を通しながら言う。

「ところで実際には使いすぎると何か問題はあるのでしょうか？」

「魔力値に変化はありませんでした。ですがヴァイス様の状態は健康とは言いがたいので、一日に一回十分使ったら三十分の休憩をはさみ三回までの使用にしてください」

「一秒もあれば読めますからね。それだけあれば十分です。いやはや、これは本当に素晴らしい！」

そう言って子どものように無邪気に笑ってくれる。

……きっと私が欲しかったのはこの笑顔だった。ただ、嬉しさを共有したかった。ともに発明して喜び合える夫婦になりたかっただけなのに。

「……ああ、すみません。泣かないでください。私はまた何か言ってしまいましたでしょうか」

ヴァイス様の言葉に、いつのまにか泣いてしまっていたことに気づいた。

ちゃんと現実と向かい合って前を向こうって誓ったのに、泣いたら駄目。

「すみません、すみません」

涙をぬぐうけれど、泣くなと思うほど涙があふれてしまう。

私の言葉に、ヴァイス様は笑って「謝るようなことではありませんよ。そうですね。すみませんでした。泣きたいときは私のことは気にせず泣いてください」と、抱きしめてくれた。

「リックス、貴方これはどういうことなの？」

エデリー家の執務室。マリアの質問とともに机に並べられたポーションのレシピにリックスは顔を青くした。そう、そこに記されていたのはシルヴィアの筆跡のポーションのレシピだったのだ。リックスの部屋に隠してあったものをサニアが勝手に持ち出したらしい。

「あのランドリューとかいう商人が、シルヴィアが優秀だというから調べてみたけれど、貴方、シルヴィアの功績を自分のものにしていたそうね？」

マリアがリックスを睨みつける。

「酷い、全部リックスが考えたって言っていたじゃない！　騙していたの？」

サニアもマリアに追随してリックスを非難した。

「ち、違うんです。これはシルヴィアに清書してもらっただけで、考えたのは僕なんです」

リックスがマリアに訴えるとマリアは笑う。

「わかったわ。じゃあ貴方の実力で間違いないのね？」

「もちろんです。お義母さん」

「なら、至急、今ある材料で品質のいいポーションのレシピをお願いするわ。今までできていたのですもの、もちろんできるわよね？」

マリアがふぅっとため息をつきながら言うと、サニアも人差し指をたてた。

「そうだよ。ポーション作りができるから結婚したのに、嘘はよくないわ。あーあ、シルヴィアお姉さまの婚約者の方がかっこいいなんてなんかむかつく」

サニアがぷぅっと頬を膨らませた。

「くそっ！　なんでこんなことに！」

リックスは自室に戻るなりがんっと机を叩いた。ヴァイスがいらぬ告げ口をしたせいで、マリアとサニアがレシピを作っていたのはリックスではないという事実に気づいてしまった。なんとか挽回しないと本当に家から追い出される。どうにかしてよく効く薬を――。

そこまで考えてリックスはあることに気づいた。確か昔シルヴィアとシルヴィアの父が、この薬草はとてもよく効くが、副反応がある可能性があるから使わないと言っていた薬草があった。

西部の薬草で単価も安いし、仕入れやすかったはず。レシピもシルヴィアとシルヴィアの父が鍵付きのノートで、離れの倉庫に保管していたはずだ。離れの倉庫はシルヴィアの父の隠れ家的な存在で、エデリー家の敷地から少し離れたところに存在している。マリアもサニアもその倉庫があることすら知らない。リックスも偶然シルヴィアの父が倉庫に向からところを見つけて、知った場所だ。シルヴィアの父の死後は、シルヴィアでさえ存在を忘れているようで話題にだすことがなかったため、リックスはそこからこっそりとシルヴィアの父とシルヴィアのレシピをたびたび持ち出していた。

（あの西部の薬草を使えばうまくいくかもしれない）

リックスは慌てて、離れの倉庫に向かうのだった。

夕方、私の錬金術の建物でヴァイス様専用の薬を作っていたらヴァイス様が誘ってくれた。

ヴァイス様が倒れてから二か月後。

「夕食はデートでもどうですか」

「今日の体調は大丈夫ですか？」

最近のヴァイス様は午前中に仕事をした後は朝までぐっすり寝てしまう生活だったため、この時間に起きてきて大丈夫なのかと心配になる。

「はい。お蔭さまで。最近寝すぎで体調が悪いくらいです。少し体を動かさないと。このまま化石になってしまいそうですよ。石化して私の商売敵達を喜ばせるのもあれなので、運動にお付き合いいただけますか？　マイレディ」

「はい、喜んで」

私が差し出してくれた手に手を添えるとヴァイス様は顔を赤らめて微笑んだ。


「ここは？」

ヴァイス様が馬車で連れてきてくれたのは不思議な外観の建物だった。

ぐるりと高い壁に囲まれ、壁には何個も入り口があり、すぐ横に馬車がとめられるようになっている。

「誰にも会うことなく入れるレストランです。入り口も複数あり時間指定なのですれ違うこともありません。また偶然を装ってあの男達が絡んできても面倒なので。誰にも会わないようにすむようにしました」

私の手を取りエスコートしてくれながら、にっこり微笑んだ。

「ヴァイス様はいつも慎重なのですね」

「問題がおきないことが一番です。どうもこちらにきてからは、全てにおいて後手後手にまわってしまっていて申し訳ありません」

申し訳なさそうに、ヴァイス様が言う。

「いつも守っていただいています」

「貴方の前で守らなければいけない状態になること自体が問題です。予測がつく問題は事前に防いでおくべきでした」

「ヴァイス様は背負いすぎです。そこまで気をまわしていたら身体がもちませんよ」

そう、商人として常に先読みするところはヴァイス様の凄いところだと思う。

けれどだからこそ、仕事量が膨大で負担が大きすぎる。

「……ふむ。けれど大事な人を守りたいと思う気持ちに、嘘をつくことはできません。私は最善を導きださないと」

その言葉に私は思わず顔が熱くなって、赤くなるのがわかった。

「どうかしましたか？」

「……さらりと気障です」

つい恥ずかしくなってしまって、私は顔をそむける。

「……ああ、すみません、思ったことがつい。さぁ、つきましたよ。マイレディ」

迷路のような通路を通ったあとについた場所はバルコニーから夜景が綺麗に見える神秘的な部屋だった。明かりが全て淡く光るクリスタルのような宝石の明かりだけで、薄暗い中にぼんやり浮かぶ光が幻想的な雰囲気をかもしだしている。

一歩一歩歩くたび、歩いた場所がぽわっと光り、それに反応するようにクリスタルのような宝石の光の色が変わった。

「……凄い、綺麗」

「気にいっていただけると嬉しいのですが」

そう言って椅子を引いてエスコートしてくれる。

「はい、素敵です」

「喜んでいただけたなら光栄です」

ヴァイス様は私の言葉に微笑んで、耳元に息を吹きかけるようにして甘い声でささやく。

耳を押さえて固まる私。——なんでさらりとそういうことをするのだろう。

もう行動の一つ一つがかっこよくて困る。

「それでは今日という日を祈り、乾杯させていただいてもよろしいでしょうか？」

淡く青く照らされた光の中でヴァイス様が妖艶に笑う。

「あ、え、そうですね！　は、はい！」

緊張のあまりよくわからない返事をしてしまうが、ヴァイス様は笑ってくれた。

「乾杯」

二人でグラスを合わせたとたん。

どぉん！

バルコニーから見える空に大きな花が舞った。綺麗な花火だ。

空一面を染めたそれは金色の光の帯をつくりながらキラキラと散っていく。

いままでに見たことのない花火で思わず見惚れてしまう。

「……綺麗」

でもいま花火をあげるイベントなんてないはずなのに。

「なんの花火でしょうか？」

「喜んでいただけたら嬉しいです」

空を全て埋め尽くすように打ちあがる花火を見ながらヴァイス様が微笑む。

「……え？　まさかこれはヴァイス様が⁉」

そう言えば改めて見ると、花火の模様がランドリュー家の家紋だ。

「はい、今日のために用意させていただきました」

「わ、わざわざ私のためにですか⁉　い、い、いくらかかったのでしょう」

花火についての相場はあまり知識がない。それでもそれなりに金額がかかるのは想像がつく。この規模の花火をあげるとなると、かなりのお金が動いたはず。

「愛を伝えるのに金額など関係ないと思いますが」

「あ、あああの、その」

「はい？」

「契約結婚の予定……ですよね？　何故ここまでしていただけるのでしょう」

私がグラスを持ちながら聞くと、ヴァイス様は驚いた顔をした。

「ふむ……そういう設定だったのを忘れていました。私としたことが……。どうも最近うまくいきません」

そう言いながら、私の隣に跪いた。

「条件変更は今からでも可能でしょうか」

「え？」

「契約ではなく、正式に結婚を前提にお付き合いいただきたい。答えは貴方がこの国を出る許可がでるまでの期間。それまでにいただけると嬉しいです。また最初の条件通り、たとえ婚姻関係になれなくとも、貴方に財政面で苦労させるようなことは致しません。できればそのまま当商家で働いていただけると嬉しいのですが、もし気まずいというのであれば、私と関わりのないところで働くための身元保証書も手配いたしましょう」

思いもかけない言葉に、私は一瞬固まってそのあとすぐ我にかえる。

「あ、あの！」

「はい」

「わ、私なんかで本当にいいのでしょうか？　一度結婚し離婚された身です。うちの国では汚点付きとよばれています。そのような身なのにヴァイス様に結婚していただけるような女だとは思えません」

申し訳ないけれど、私がヴァイス様に釣り合うとは思えない。

「再婚の件ですが、何も負い目に感じる必要などありません。問題ですらない」

「で、でもどうして私なんかが、美人でもないし、むしろその……」

思わず顔をそむける。だってヴァイス様に相応しいところが何一つ浮かばない。

「明確な理由の説明が必要ですか。困りました。正直なことを申し上げると私もよくわからないのです」

「え？」

「貴方はとても優秀で仕事のパートナーとしても、錬金術師としても尊敬しています。ですがそれは、後からわかっただけのことで、それが直接的な理由ではないと思います」

そう言ってヴァイス様は視線を彷徨わせた後、少し困った顔をした。

「申し訳ありませんが恋というものがはじめてでして。……どう表現していいのかわからないのですが……。ですが、常にともにありたいと望む存在を愛していると言うのならば、私は確かに貴方を愛していると言えます」

その言葉にドキリとする。

……自惚れてもいいのかな？

「路上生活者になろうとも、私に顧客情報を教えるつもりはないと貴方が言ったあの時。その美しいエメラルドグリーンの瞳に吸い込まれました。私は切実に貴方をもっと知りたいと思いました。おそらく、貴方のあの時の瞳の輝きに魅かれたのだと思います」

そう言って手の甲にキスをしてくれた。

「もちろん貴方にまで私を愛せと言うつもりはありません。ですが家族として暮らしていくうちに情というもので大切だと思ってもらえる存在くらいにはなれるように努力してみせます」

「わ、私は……」

そこまで言いかけて、言葉がでない。なぜか震えてしまう。

「……答えを今すぐにとは言いません。まだ期間はあるのですから。その間恋人を演じてくださるだけでも十分ですよ」

少し寂しそうに笑うヴァイス様。違う、そんな顔をさせたかったわけじゃない。

それでも、私もヴァイス様が好きだという気持ちと、また裏切られてしまうのではないかという恐怖で揺らいでいる。リックスだって最初は優しかった。

けれどよく考えてみたら、守ってくれているようで守ってくれなかった。

ヴァイス様は、いつだって全力で守ってくれていて、私のためにいろいろしてくれた。

だから信じたい。でも——。まだ心のどこかで結婚した途端変わってしまうのではないかという不安もつきまとって、答えが言えない。

少しだけ顔を赤らめて微笑んでくれる優しいこの人を何故信じられないのだろう。

何故自分も好きと言えないのだろう。

いつまでも縛り付けてくる前夫の呪縛に泣きたくなる。

「マイレディ」

「……はい」

「答えは急ぎませんよ。あのような理不尽な離婚をしたばかりですぐにまた結婚してくれと言われて戸惑う気持ちも、わかっているつもりです。だから……」

ばぁんっとひときわ大きく散った花火の音でヴァイス様の声はかき消された。

どぉん！

まるで金銭力を誇示するかのように、何度も打ちあがる花火を見て、サニアは歯ぎしりをした。今日はシルヴィアを追い出してから、はじめて行われるエデリー家主催のパーティーだった。

仕入れ先やエデリー家の商品を古くから扱ってくれている販売先の人々をエデリー家の屋敷に集めて開かれる十年に一度の盛大なパーティー。

そこでサニアが主役になるはずだった。シルヴィアを追い出して正式なエデリー家の後継者として母マリアに紹介してもらうはずだったのだ。なのに、パーティーが始まったとたん、まるで嘲笑うかのようにランドリュー家の家紋の形をした珍しい花火が次々と打ちあがったのである。

演劇場のカフェでのリックスとヴァイスの問答に大勢の目撃者がいたせいで、シルヴィアがランドリュー家のヴァイスと婚約した噂は瞬く間に広まってしまっていた。

そのせいで、会場にいる人達の多くが事情を察しており、クスクスと笑い声がおこり、中には「シルヴィア様はいいところにお嫁にいきましたなぁ」などと嫌味を言ってくる人までいる始末。

母のマリアは花火を見ながらワナワナと震えているし、リックスにいたっては顔を真っ青にしてどこかに逃げてしまった。

（せっかくの私の社交界デビューだったのに、こんなことをするなんて許せないっ！）

サニアはバンッと豪華な食事のおかれたテーブルを叩くのだった。

――ですが、常にともにありたいと望む存在を愛していると言うのならば、私は確かに貴方を愛していると言えます――

花火の揺らめきの光の中で、とても綺麗な赤い瞳ではにかんで告白してくれたヴァイス様の言葉。今でもあの時のことを思い出すだけで耳たぶまで熱くなる。

嬉しくて、恥ずかしくて、心臓がバクバクして、私もヴァイス様を好きなことを自覚させられた。ぼろぼろだった私を拾ってくれた。そして私を助けてくれた。

あの時、ヴァイス様は取引先を教えてくれるだけで十分だと言ったけれど、きっと本当は取引先なんて私を雇ってくれるための口実で、情報なんて必要なかったのだと思う。

ヴァイス様なら私に聞かなくても調べられたはずだ。

それなのに私はそのヴァイス様の心遣いに気づかないまま酷い態度をとってしまった。

それでも、ヴァイス様は私を保護してくれた。

自分に自信がなくて、すぐ逃げようとする私のことを私よりわかってくれていて、マーサさんやキールさんに頼むことで距離をおいて私に回復する時間をくれた。

テーゼの花を持って笑ってくれたヴァイス様の顔が思い出されて、私は作りかけた魔道具の手を止める。そして作業場を見回した。

テーゼの花や工房まで用意してくれて……他にも私のためにいろいろしてくれた。

私にはもったいないほどのことを。

私の錬金術を褒めてくれて、作った物もけなさないで、新たな活路を見出してくれて、いつも笑ってくれて、優しい言葉をかけてくれて、全力で守ってくれた。

本当に優しくて、それでいて私にはたくさんの愛情をくれた。

ヴァイス様の声が、その瞳が、その笑顔の全てが愛おしくて、私もヴァイス様が好き。大好き。

なのに……それなのに、私は結局泣いてしまった。

答えすら言えずに謝ることしかできなかった。

本当に何やっているんだろう。

錬金術の工房で私は深いため息をつき、作っていた魔道具を机におく。

あの後、ヴァイス様はいつも通りに接してくれたけれど、ヴァイス様の優しさに一方的に甘えているわけにはいかない。

ヴァイス様はリックスとは違う。わかっているのに、結婚したらまた変わってしまうのかと思うと怖くて震えてしまう。自己嫌悪に陥って、やっぱり自分は駄目な人間なんじゃないかと思ってしまい、首を横に振る。

——役立たず、高飛車、気が利かない、女として見られない——

いつまでもいつまでも追ってくる言葉に、縛られる。

リックスにやられたことはヴァイス様には関係ない。

それなのに、ウジウジしていたら駄目。これは私の問題でヴァイス様には関係ない。

ずっとこのままじゃ嫌われてしまう。うん。ちゃんとヴァイス様に答えが言えるようにがんばらなきゃ。

「これが魔力を込めることのできるスタンプですか」

レストランでの食事から数日がすぎて、私は作った魔道具をヴァイス様に渡した。

執務室で仕事をしていたヴァイス様がスタンプの魔道具を物珍しそうに見ている。

「はい。スタンプはヴァイス様のサインと同じにしました。魔力を通しながら捺してみてください。ヴァイス様の魔力の宿ったスタンプが捺せます」

「これは綺麗に捺せますね」

スタンプを捺して浮かんだ文字にヴァイス様は嬉しそうに言う。

「人間が持つ魔力の本質は同じですが魔素レベルとなると個人個人違います。それがたとえ双子であってもです。すでに魔力痕鑑定は神殿で確立されています。偽造は現在の魔道具レベルではできないと思います。魔素で色が変わるので、スタンプの色である程度誰が捺したかの区別もつくと思います」

「ふむ。これは商会内で使う分には十分ですし、神殿に話を通せばすぐ広めてくれそうです。魔力をインクに乗せそれを持続できるという技術と発想が凄い。やはり貴方は優秀ですね。素晴らしいです」

そう言って微笑んでくれて、ドキリとしてしまう。

ヴァイス様はスタンプをおくとスラスラと何かを書き始めた。

「ある程度インクの材料の確保とルートを開拓できたあと商品化を進めるとしましょう。このインクは魔術の魔法陣などにも使えそうですね。描いたものの魔力を保持したままにできるというところが他に類を見ないほどの利点です。あとでいろいろ検証しましょう。とりあえず現時点でのライセンス料はこれくらいでよろしいでしょうか？　眼鏡の分も加えてあります。販売の分についてはきちんと試算をだしてから、後日契約書をつくりましょう」

言葉とともに私に小切手を渡す。

その小切手には私の前の職場の年収五十年分が記入されていた。

「こ、これは？」

あまりの金額につい震えた声で聞いてしまう。

「ライセンス料です。契約書は後程用意させていただきますので」

「ライセンス料ですか？」

「はい。少なかったでしょうか？」

「い、いえ違います！　多すぎます!!」

ヴァイス様が小首をかしげた。

「これくらいが妥当でしょう。ただこういったものは、普及させるまでにある程度採算度外視で商品展開しますので最初の数年、利益はほぼ出ないと思ってください。利益が出るまでは申し訳ありませんが販売分のライセンス料は払えませんのでその分も少々上乗せさせていただきました」

「でも私がこんなに」

思わずヴァイス様に小切手を返そうとつき出すと、手で制される。

「こういったところで遠慮してはいけません。もちろん私はそんなことをするつもりはありませんが、無一文に近い形で放り出された時のことを思い出してください。自分の名義で金を所持することは大事なことです」

「それは……」

私の態度にヴァイス様は、しっかりと私を見つめた。

「恩にきせるつもりはありません。ですが現実問題、あの時私が拾っていなかったら、貴方は死んでいた。もしくは物乞い、人買いに無理やり街娼をさせられていたかもしれない。最悪の事態を想定して備えることは重要です。そして何があっても最終的に身を守るのはお金です」

――君は僕を信用してないの？――

自分の名義の貯蓄を持っていたときにリックスが言った言葉が脳裏をよぎる。

やっぱりまだ私は彼の呪縛から逃れられていないことを痛感させられる。

そんな私の姿にヴァイス様は優しく微笑んでくれた。

「いいですか、私は必ず貴方を守ると誓いますが、私に何かないとは言いきれません。このまま貴方名義のものが何もないのでは、私は不安で夜も眠れません。私を安心させるためにも、貴方に対する対価の金は必ず受け取ると約束してください」

「はい、わかりました」

「ありがとうございます」

私がおずおずと小切手を受け取ると、ヴァイス様は嬉しそうに笑ってくれた。

やっぱりヴァイス様は凄い。

私が作った物にすぐ商品価値を見出してくれて、私が考えた以上の価値をつけてくれる。作っても否定しかされなかったことに慣れてしまって、いつの間にか嬉しいという気持ちを忘れていた。魔道具を作ったら父が褒めてくれた時のよう。

それに……自分のお金かぁ。小切手を見つめて、私は嬉しくなる。金額自体ではなく、自分自身のお金があるという事実。結婚してからは自分の物なんて一つもなかったから。

そっか、私、好きな物買っていいんだ。

はじめて給与をもらった時以上に嬉しくて、私は大事にそれをポケットにしまう。

まずはヴァイス様やキールさんにマーサさん、お世話になっている人にプレゼントを買って、読みたかった本も買いたいな。

「貴方の商会のお茶。かなり流行しているそうじゃない？」

王宮にある第二王妃専用の庭園で、紫の髪の気品のある女性がマリアに微笑んだ。この国の第二王妃だ。

「はい。おかげさまで。これも皆王妃殿下のおかげです」

マリアが跪いて、にっこりと笑う。

シルヴィアがいなくなったため、いままで取引していた薬草が買えなくなってしまった。そのせいで、新たな薬草を仕入れることを余儀なくされた。そんな中、リックスが西側の王国の薬草を使ったポーションのレシピを提案してきたのである。

その薬に使う薬草が、現地の人が煎じて飲むと美容にきくとのことで、取り入れてみたのだが、これが効果覿面で飲んで数日で肌が綺麗になると、貴族の間で流行した。

もちろん第二王妃の社交界の地位があったからこそ、すぐに広められたのだが。

「王妃殿下には感謝しております。今年の豊穣祭では多額の寄付をさせていただきます」

「あら、嬉しいわ。最近、ポーションの質が悪くなったと噂を聞いていたから心配していたのよ？　せっかく貴方がエデリー家の当主になるよう名義をかえてあげたのに、そうそうに潰れてしまっては困るもの」

第二王妃がティーカップを音もなくおきながら微笑む。

「ご心配には及びません。西国から仕入れた新しい薬草でポーションを作製したところ、前より回復力がよくなったと評判です」

「あら、それでは今年は期待しておりますわね」

「はい王妃殿下。期待していてください」

マリアは怪しい笑みを浮かべる。シルヴィアから家の権利などを取り上げる時、力を貸してくれたのがこの第二王妃だ。マリアが多額の寄付金を納めたことで、こうやってパイプを作ることができた。そしてそのパイプを利用して、マリアは美容によく効くお茶を貴族に広めたのだ。

ヴァイスにはさんざん嫌がらせをされたが、運はやはりマリアにある。この薬草はまだ西部でも出回ってなく、東部には流通していない。そしてかなり安かったため、薬園も買い占めた。他の者は手に入れられないだろう。マリアの一人勝ち状態だ。

（絶対シルヴィアとあのヴァイスとかいう男を見返してやる）

マリアはにっこりと笑うのだった。

三章

豊穣祭の祈りとダンス

「もう少しで豊穣祭ですがご一緒にどうですか？」

「豊穣祭ですか？」

ヴァイス様の魔力の数値検査のため、魔力分析の装置をつけているときにそう提案されて、私は聞き返した。

「はい。その日なら例の方達も王族の行事に参加していますから、遭遇することもありませんし、たまには息抜きに」

豊穣祭。そういえば、閉じ込められてから行くことなんてなかった。

パレードに、露店に、花火に、路上演技。

昔、父や友達と行ったことを思い出して、胸が高鳴る。

「は、はい！　是非行きたいです」

「よかったです。では、開催中是非一緒に行きましょう」

魔力分析装置をつけたまま、ヴァイス様が笑ってくれる。

ヴァイス様と豊穣際……。

二人でパレードを想像して、思わず顔がほころぶ。

この国で豊穣祭デートは一番憧(あこが)れることで、やっぱりそういったデートは恋人(こいびと)を意識してしまう。この国の女性は豊穣祭の花火の時に告白されるのが憧れで、その日に告白されると永遠に幸せになれる——。

そうだ、これはチャンスだと思う。ヴァイス様にちゃんと私の気持ちを伝えるいい機会。

今度こそ覚悟(かくご)を決めないと。泣いてばかりいないでちゃんと思いを伝えるんだ。うん、頑張(がんば)る。

「離婚(りこん)な上に、エデリー商会も首⁉　一体どういうことですか、サニア、お義母(かあ)さん！」

エデリー家の執務(しつむ)室でマリアに告げられた言葉にリックスは顔を青くした。

「そういうことよ、貴方ろくにポーションも作れないじゃない」

マリアが窓辺に立ち言う。リックスへ送る視線は氷のように冷たい。

「で、でも西の国の薬草で……」

リックスがしどろもどろになりながら答えた。

「でもそれもどうせお姉さまのノートでしょ」

「そ、それは……」

サニアの言葉にリックスは視線を彷徨わせた。

「やっぱりリックスは何もしてないわ。私もお姉さまの婚約者みたいにもっとかっこいい人がいい。ポーションも作れない、顔もお姉さまの婚約者に負けている。これじゃ、結婚している意味ないでしょ？」

サニアが髪をとかしながら言う。

「な？　サニア、君は僕を愛しているんじゃなかったのか⁉」

リックスが言うとサニアは唇を尖らせて、「お姉さまから奪ったら飽きちゃった」と悪びれることもなく言う。

「ねぇ、リックス、もし離婚が嫌ならまだ一つだけ手があるわ」

「……手ですか？」

「あの子、とても儲かりそうなインクの特許を神殿に申請したらしいの。第二王妃がその特許を欲しがっているわ。どんな手を使ってでもシルヴィアを連れてきなさい」

リックスにマリアは妖艶に笑った。

「……買い物ですか？」

私の言葉に私の髪をとかしてくれていたマーサさんが驚いた顔をした。

「そ、その豊穣祭でヴァイス様に渡すものを買っておきたくて……」

鏡越しのマーサさんの顔すら見られなくてつい、うつむいてしまう。

「旦那様に？」

マーサさんが聞いてくる。

「この国では豊穣祭で、好きな相手に女性がブローチを贈って告白する習慣があるのです」

「好きな相手ですか？」

マーサさんが驚いた顔をした。そ、そんなに変だったかな。

「は、はい……。その、私まだ一度もヴァイス様に自分の気持ちを言っていないので、ちゃんと伝えたくて……」

つい、言い訳のように指をせわしなく交差させながら言う。

もうきっとみんな知っているだろうけれど、口に出して言うのは恥ずかしい。

「それはまた、旦那様が泣いて喜びますよ」

「ほ、本当ですか？」

不安だったので思わず聞き返すと、マーサさんが「旦那様の態度見てればわかるでしょう？」と、にかっと笑ってくれて余計顔が熱くなる。

「で、できれば内緒で買って、当日喜ばせたいなって」

「それは、いいですね。わかりました、キール様に手配させますよ。護衛をつけてもらいましょう」

「は、はいっ！　よろしくお願いします」

私は嬉しくて、声がうわずった。


そして次の日の午後。私とキールさんはヴァイス様が寝ている間にヴァイス様へのプレゼントを買いに行くことになった。キールさんに連れてきてもらったアクセサリー店はとても豪華な建物。ヴァイス様が好きなブランド店に連れてきてもらったのだけれど……。

どれもとても高い。

ライセンス料でもらったお金でなんとかなると思っていたのに、一番高いものは買えもしない。

「無理はしないでくださいね。シルヴィア様にあまり高いものを買わせてしまっては、『やっと彼女に受け取ってもらったのに』と、旦那様に怒られてしまいます」

私がにらめっこをしていると、キールさんがかがんで私の耳元でささやいた。

ヴァイス様なら本当に言いそうで、少し顔が緩む。

確かに一人になっても自立できるようにと渡してくれたお金を、全部使ってしまっては申し訳ないけれど……。

「でも、もうちょっといいものを買えると思ったのに、アクセサリーに対する知識が全然足りなかったようです。これではヴァイス様の伴侶としてやっていけるか不安です。もっと知識不足な部分は学ばないといけません」

商人の妻がものの値段を知らないのでは、夫であるヴァイス様にも迷惑をかけてしまう。

「……」

びっくりした顔で私を見つめるキールさんに気づいて、私は慌ててキールさんを見た。

「……どうかしましたか？」

「いやぁ、今のお言葉、旦那様が聞いたら泣いて喜びますよ」

キールさんに言われて私は気づく。すっかり結婚する前提で話を進めていたことに。

「ち、ちちちち、違うのですっ！　あのっ！　これはっ！」

「いえいえ、未来の奥様として大変頼もしいお言葉です。あの方は商売が趣味で事業を広げすぎですから、先見の明があるシルヴィア様が奥様になってくれるなら私としても大変ありがたいです」

「あ、いえ、……はい」

私は恥ずかしくなって頷いた。ヴァイス様に思いを伝えるということで、やっぱりそこに商家の妻としての責務は発生する。ちゃんとその覚悟をしたうえで、思いを伝えるのだからここで否定するのも違う気がして、思わず押し黙ってしまう。

「……それにしても」

キールさんが私の肩に手をおいて視線だけ別方向に向ける。

「？　どうかしましたか？」

「つけられていました。中なら安全かと思ったのですが、どうやらこの店の者もグルのようです」

キールさんが耳元でささやくように言う。

「先ほどから私達以外に客がいませんよね？　さりげなく店員が他の客を外に追い出していました」

その言葉にぞくりとする。

……え？　どういうこと？

「名のあるブランド店でこのようなことがおきるとは予想外でした。この国の腐敗は私達の予想以上だったようです。奥様に怖い思いをさせてしまうことになりました。私の落ち度です、申し訳ありません。少し我慢していただけますか？」

そう言って微笑んでくれて、私は意味がよくわからなかったけれどコクリと頷いた。

「それでは下見は終わりにしてそろそろ帰りましょう。奥様」

「あ、はい」

キールさんが私の手を引いてそう言ったとき。

「お待ちください。お客様、是非お客様に見ていただきたい商品が」

店の人が寄ってくる。でもおかしい、まるで取り囲むように人がいる。

どうしよう。怖い。

「あ！　火があそこに燃え広がっていますっ!!」

キールさんがいきなり叫んで、指さした方を店員さん達が慌てて見る。

その瞬間に、キールさんは私を抱きかかえて、ダッシュした。

「ちょ、待ちなさいっ！」

店員達が追ってくるけれど、キールさんは私を抱きかかえたまま、スイスイと店内を駆け抜け、店を脱出する。けれど――。

馬車が両側をしっかりと他の馬車に塞がれていて出られないようになっていた。

「緊急事態です！　プランDで、こちらに援護を!!」

キールさんが言うと、出口で待っていてくれたランドリュー商会の護衛の人がダッシュして、馬車から二頭馬を切り離し、そのまま解放された馬にキールさんが私ともども飛び乗った。

「さ、逃げましょう。奥様になにかあったら、私が殺されてしまいます。旦那様に」

キールさんが馬を走らせた途端、どこから湧いたのか、馬に乗った知らない人達が追いかけてきた。

ランドリュー商会の護衛の人ももう一頭の馬に乗り、私達を守るように並走している。

乱暴に馬を走らせて逃げる私達と複数の追う者達で、街中は騒然とした。

「街中で随分目立つことをしてきますね。いやぁ、ありがたい」

笑いながら言うキールさん。

「わ、笑い事でしょうか？」

怖くて、必死に馬にしがみついて言う私。

「ああ、申し訳ありません。あまりにもあちらの行動が滑稽すぎて。路地裏にはいりますので、しっかり掴まってくださいね！」

そう言ってキールさんが馬の脇を蹴り飛ばした。

「どうだ、シルヴィアは捕まえられたか？」

「はい、こちらの倉庫に逃げ込みました。倉庫は取り囲んでおります。逃げようがありません」

城壁内にある港の倉庫で、リックスは雇った男達の答えに嬉しそうに笑った。第二王妃の指導の下、シルヴィアを捕まえる手はずは整った。倉庫の中にいるシルヴィアを説得して連れ帰ればいいだけ。このまま、シルヴィアを連れて帰って、また結婚してしまえば外国の商人では手出しもできなくなるだろう。この方法なら特許も手に入りマリア達もそれで納得するはずだ。

リックスは鍵師が渡した鍵を受け取り、雇った男達に合図を送ると扉を開けた。

「さぁ、助けにきたよ。愛しのシルヴィア」

巨大な倉庫には、荷物の木箱と、なぜかドデンとおかれた玉座のような椅子に座ってにっこり笑っているヴァイスの姿があった。

「はい。いらっしゃい♡　お待ちしておりました♡」

「……な⁉　何故貴様がここにいる！　シルヴィアは⁉」

扉を閉め、武器を構える傭兵達。

「怖い思いをさせるわけにはいきませんので、家に帰しましたが何か？」

「い、いやそうではなくて！　お前達何をやっていたんだ⁉」

リックスが傭兵に怒鳴るが、傭兵達はぶんぶんっと顔を横に振る。

確かにキールとシルヴィアを乗せた馬と護衛の馬はこの倉庫に逃げ込んで鍵を閉めてしまった。そこから誰一人出していないはずなのに、なぜかそこにいたのはヴァイスだったのだ。ヴァイスはゆっくりと椅子から立ち上がる。

「貴方がうちの商会に派遣ギルドをつかって密偵を放っていたのを気づいていなかったとでも？　密偵の動きから、貴方の行動を察するのは容易でした」

ヴァイスがにっこり言うと、リックスがぎりっと唇をかむ。

「これだから人材を現地で緊急調達するのはあまり好きではないのですよ。すぐに敵の手のものが潜り込む」

ヴァイスがやれやれと肩をすくめる。

「……で、わかっているのに、こんなところまでノコノコきたってことか？」

リックスがにやりと笑う。

「ええ、流石に目障りなのでね。一度警告をと思いまして。私に牙をむくとどうなるか、わからせる必要があるかと」

「何か勘違いしてないか？　あんたは勝った気でいるが、あんたを殺しても犯人は誰にもわからない。第二王妃が僕の後ろにいるんだ。ここで殺したってもみ消してくれる！」

リックスの言葉に、傭兵達が構えた。

そう、いい機会だ。ここでヴァイスを殺して海にでも放り投げておけば、事故死として処理してくれるだろう。ヴァイスさえいなくなれば、きっとシルヴィアも戻ってきてくれるはず。

「ははっ。もみ消せる？　何を言っているのですか、貴方は見捨てられるに決まっているじゃないですか。第二王妃もお可哀想に、無能な味方ほど厄介なものはない。事件の顚末を聞けば貴方がたを味方に引き入れようとしたことを心から後悔することでしょう」

ヴァイスが両手を広げて馬鹿にするかのようにリックスを見た。

「ど、どういうことだ？」

「何故、私がここで待ち構えていたか。そこに答えがあると思いませんか？」

リックスはあたりを見回す。港にあるなんの変哲もない倉庫だ。

何があるのだと、本気でわからず怪訝な顔をすると、ヴァイスはにっこり笑う。

「ここ、第二王妃の取り巻き貴族の密輸品を一時保管する倉庫なんですよ。この下には密輸品がたっぷりあります」

「な⁉」

「考えてみてください。閉じ込めたはずの我が婚約者がなぜ姿を消したのか。私の愛しき婚約者がここから抜け出せたのも、地下倉庫と密輸品搬送のための隠し通路があるがゆえです」

（そうだ、倉庫に閉じ込めたはずのシルヴィア達がどこから逃げ出したのか不思議だったが、密輸品をこっそり運ぶ通路があるというなら納得できる）

リックスはぎりっと奥歯を嚙みしめる。

リックス達はまんまとヴァイスに誘い込まれたのだ。

「この国の警察のトップが第二王妃の息子である第二王子を王位継承に推す派閥の人間だからもみ消せるとお思いだったのでしょうが、流石に第一王子直属の白銀の騎士団が喧嘩を止めにきたら、警察も介入できないでしょうね。捜査権は貴方達と敵対している第一王子派になる」

「ま、まさか」

「はい。第一王子の白銀の騎士団にこちらの場所を知らせておきました。城壁内で馬を乱暴に乗り回し、狼藉を働いている者がおり、他国のテロリストかもしれない、新興宗教が女性を誘拐して生贄にしようとしているかもしれないなど、多数の苦情がよせられているはずですから、動くと思いますよ。テロリストなどは白銀の騎士団の管轄です。そして第二王妃を毛嫌いしている白銀の騎士団は前からこの倉庫を調べたくて仕方なかった。テロリストがいるかもしれないなどと聞けば、悦び勇んで捜査にのりだすでしょう」

ニコニコと笑顔になるヴァイス。

「ちょ、白銀の騎士団がきたらもみ消しなんてできないじゃないか!?」

「その通り。白銀の騎士団達は、密輸を暴く口実をつくるために貴方達をテロリスト扱いにして徹底調査を行うでしょう。貴方を庇えば密輸もしくはテロ行為に関わっていた可能性があると第一王子派に攻撃の口実を与えてしまう。第二王妃が貴方のためにそこまでのリスクを負うわけがない。つまり、貴方の後ろ盾は、この場においてはまったく意味をなさない。大人しく牢屋にぶちこまれてください。ああ、私なりの慈悲で貴方の犯行は誘拐未遂に止めてあげますよ。最終的に貴方を地に堕とすのはマイレディの予定なので」

そう言いながらヴァイスがにやにや笑いながら近づいてくる。

「それにしても第二王妃も人を見る目がありませんね、愚者と手を組んだせいで、重要な収入源の一つを失う。他人事ながらなんと嘆かわしい」

ヴァイスの浮かべる笑みが不気味で、リックスはたじろいだ。

(ちょ、そんなこと聞いてないぞ。はやくこの倉庫から出て逃げないと。いや、白銀の騎士団がくる前にこの男を始末しておけばいいだけだ)

リックスは思い直し、ヴァイスを睨みつける。

「それならくる前に殺すだけだ！　やってしまえ！」

リックスが傭兵に指示した途端、ヴァイスが恍惚とした表情になる。

「ああ、そうです。それですよ。やはり商人はこれでなくては。醜く抗ってくるものを迎え撃つ。邪魔するものは完膚なきまでに地に堕とし、敵対者は全て始末する。それが商人の神髄。これは誠に理想的展開です。白銀の騎士達が到着するまで、私と遊んでいただきましょう。いい加減こちらも慣れぬ病人生活にストレスがたまっていたので」

そう言ってコートからゴロンと長い持ち手の先にトゲのある巨大な球体のついた武器、モルゲンシュテルンを二つ取り出し笑みを浮かべた。

「さぁ！　楽しいパーティーをはじめようではありませんかっ!!」

それが戦闘の合図だった。

がんっ！

鼻先をかすってモルゲンシュテルンが振り下ろされ、トゲのついた球体が床にみしっと音をたててめり込んだ。目先で縦に振り下ろされたモルゲンシュテルンの風圧と通過したその重量にリックスは「ひぃっ」と恐怖で声をあげる。その声が終わらないうちに、再びヴァイスがモルゲンシュテルンを振り上げる。リックスの顔面スレスレをかすめながら。その威圧感に泣きながら、リックスは這うように逃げ出した。

「さぁ、さぁ、もっと真剣に逃げないと、うっかり私のモルゲンシュテルンが当たってしまうかもしれませんよ。一撃頭に食らったら、酷いことになるでしょうね？　ああ、想像するだけでゾクゾクします。貴方の脳は何色でしょうか？」

這って逃げるリックスに、ヴァイスが面白そうに笑いながら煽ってくる。

（この男おかしいっ！）

リックスが泣きながら逃げる中、すでにリックスの雇った傭兵達はヴァイスの当たりそうで当たらないというモルゲンシュテルンの恐怖で、何人かは気を失ってしまっている。

本当にもう駄目だと思ったところで寸止めをしてみせたり、スレスレをかすめたり、足元にわざとらしく落としたり、モルゲンシュテルンの球体についたトゲ部分を眼球の目前で止めたり。嘲笑いながら相手に畏怖を植え付ける。言葉で、行動で、音で、全てを使って恐怖心を煽り、相手を失神まで追い込んだ。

普通の者ならそんなところでモルゲンシュテルンを止められぬだろうという勢いで振り落とし、すんでのところで止めてくるのだ。戦い馴れして武器の特性を知っていた傭兵達などは振り落とされただけで気絶してしまうものもいた。

(何とか逃げないと！)

リックスが思った瞬間頭の方に何か風圧を感じて、見上げた。

がんっ！

上から目の前をかすめるように落ちたモルゲンシュテルンの恐怖にリックスは声にならない悲鳴をあげる。

(怖い、痛い、死ぬ!!　——殺される!!!!)

ガクガクと足も手も震えて、這うことすらできない。

「ああ、残念、今回も寸前で当たらないに成功してしまいました。脳天から直撃もなかなか楽しかったのに」

モルゲンシュテルンの片方を投げた状態でヴァイスがニマニマ笑う。

「や、やめてくれ……」

ガタガタと震えて涙ながらに訴えるリックスにヴァイスは上から嘲るように見下ろした。

「肉体的苦痛を与えてもよかったのですがね、どうせなら貴方も心にぬぐえぬ恐怖心と苦痛を与えたほうが、マイレディへしたことへの報復になると思いまして。彼女が長期的に受けた苦痛に比べれば、これくらい生優しいものでしょう？」

ヴァイスはニタァッと醜悪な笑みを浮かべた。

「さぁ、まだまだ終わりませんよ。マイレディに二度と近づきたくないと思うほどの恐怖を与えてあげましょう。私がミスを犯さないことを心から祈ってください。まぁ、ミスをしてしまったら祈ることなどできなくなりますがね」

そう言って、恐怖に慄くリックスを蹴とばしてゴロンとあおむけにさせると、モルゲンシュテルンを振り上げるのだった。

「相変わらずやることがエグイですね」

白銀の騎士達を案内して連れてきたキールが、薄目でヴァイスに突っ込んだ。

キール達が到着した時にはすでに傭兵達もリックスも泡を吹いて失神していたのだ。

「怪我人はだしませんでした。敵を無傷で許すなど、私としたことがらしくなく、紳士的に振る舞ってしまいました」

モルゲンシュテルンを片手にうっとりとした瞳で言うヴァイス。

「旦那様の紳士の定義と私の紳士の定義は違うようです」

聴取を終えて、白銀の騎士達が現場検証に入った姿を眺めつつ、キールが突っ込む。

床や壁にはモルゲンシュテルンでできたであろう穴が開いており、ヴァイスが何をしたのか大方の予想がつくだけに笑えない。

相変わらず慣性の法則も遠心力をも無視したモルゲンシュテルン寸止めという荒技で、相手を気絶させていったのだろう。相手が気絶するまで執拗に当たりそうで当たらない攻撃を繰り返す。しかもあの巨大な球体のついたモルゲンシュテルン×2でやられたら恐怖は計り知れない。

「ああ、これだから商人はやめられません。商売敵が勝手に嫌がらせをしてくるのを返り討ちにする時の爽快感。金と権力で打ち負かせると、かかってきた相手に屈辱を与え、言い負かすときの高揚感。私はこのために商人をやっているようなものです。商人とはなんと素晴らしく尊い職業なのでしょう」

「旦那様、その発言は全国の善良で真面目に働いている商人の方々に失礼なので、全力の土下座で謝るべきだと思います」

慣れない恋愛事と病床生活でたまったストレスからか、異様にテンションが高いヴァイスに若干引きながらキールが突っ込んだ。

「マリアっ！　これはどうなっているのですっ⁉」

　ガシャン！

　跪いた状態のマリアの横に乱暴にワイングラスが投げられ、砕けた。

　ここは第二王妃の別荘の一室。今二人は豪華な調度品の並ぶ応接室で密会をしていた。

「も、申し訳ありませんっ」

　ワイングラスの破片にビクビクしながらマリアが頭を垂れる。

「貴方の従業員が、何をしていたのかわかっているの⁉　あの倉庫の持ち主の伯爵は私の可愛い息子の王位継承に尽力をしてくださっていた方なのよっ。彼がいるかいないかで王位継承戦は大きく変わってしまう。それをっ、それをっ‼　彼の密輸入品の倉庫を誘拐現場に使うなどっ、一体何を考えているのですかっ！」

　第二王妃はヒステリックに叫びながら近くにあった花瓶をなぎ倒し、花を何度も何度も踏みつける。

「も、申し訳ありません、この償いは必ず」

「どうするというのですかっ⁉　平民風情が。これで第一王子派が巻き返してしまいますっ！」

第二王妃が手に持っていた扇子をマリアに投げつけ、顔に直撃する。

けれどマリアは黙ってうつむくしかできなかった。特殊なインクの特許欲しさにリックスを煽って誘拐させようとしたのが全て裏目に出たことに、マリアは唇を嚙みしめて後悔する。

「許さないわっ、ヴァイス・ランドリュー！」

悔しそうに、第二王妃は机を叩くのだった。

「……面目ありません。はしゃぎすぎました」

リックスが私を誘拐しようとしてから三日後。

ヴァイス様は事情聴取を終えてから、屋敷に戻るなり倒れてしまい高熱で医者にかかることになってしまった。今日になって大分熱は引いたけどやっぱり辛そうで心配になる。

「私のせいです。すみません。外に出たいなんて言わなければ……」

ぎゅっと拳を握る。リックスはなんで私に執着するんだろう。あんな風に捨てておいて、戻るわけなんてないのに。ヴァイス様に迷惑をかけてしまっていることに、苦しくなる。

「気になさらないでください。あの男はいつか相手をしなければいけませんでした。もし出かけたことに問題があるのなら責任は許可した私になります」

　ヴァイス様は寝たまま笑う。

「これでしばらくは、あちらも手を出してこないでしょう。買い物に行きたいのなら、キール達と行ってきてください。ずっと屋敷の中にいるのも気が滅入るでしょう。やっと自由に動けるようになったのですから」

「こんな状態のヴァイス様をおいて出かけるなんてできません！」

　私が言うと、ヴァイス様が少し驚いたような顔をした。

「ヴァイス様？」

「ああ、そうか。そうですね。幼い時から病でも一人が当たり前だったのでその発想はありませんでした。すみません。貴方を冷たい人間と思っているわけではないのです。いやはや、本当にうまくいきません。どうにも私の常識は常識ではないらしい」

　ヴァイス様は目をつぶって、はーっと息を吐く。

「私が病に臥せっていても親が出かけてしまうのが普通でしてね。いつの間にかそれが当然だと思うようになっていました。その方が効率的だと思い込んでいたのかもしれません。そうですね……一つお願いをしてもよろしいでしょうか」

「はい、何でしょうか？」

「幼い時、幼馴染に風邪の時は寝付くまで母に手をつないでもらうんだと、自慢されたことがありました。あの時は何故それを自慢するのか、わかりませんでした。でも今ならわかる気もします」

そう言って私の目を見つめるヴァイス様。

「貴方に、寝るまで手をつないでもらえたら嬉しいです」

ヴァイス様は顔を赤くして微笑んでくれた。

「最近シミが酷くなる令嬢が増えた？」

王宮の中庭で第二王妃がお茶を嗜んでいたところに、部下から報告がはいる。

「はい。茶会でそのような噂が流れはじめています」

部下が仰々しく頭を下げる。

「それは良い傾向ではありませんか。お茶やエデリー商会の薬を売りつける口実になります。エデリー家の薬を売るよう手配しなさい」

「はっ」

第二王妃の言葉に部下は頷くと、そのまま一礼して立ち去った。

リックスの事件以来、エデリー商会の儲けのほとんどは第二王妃に貢がれることになった。つまりお茶や商品が売れれば売れるほど、第二王妃の懐に入ることになる。

(なんとか伯爵が捕まった分の損失を埋めないと、王位を第一王子に譲らなければいけなくなってしまう)

第二王妃は思いながらお茶を飲み干した。

「本当に申し訳ありません。豊穣祭は護衛をつけますから、マーサ達と楽しんできてください」

十日間開催される豊穣祭の終了二日前、私がヴァイス様の身体の魔素濃度の計測をしていると、ヴァイス様がそう言って申し訳なさそうに微笑んだ。あれから、ヴァイス様は熱が下がったり上がったりを繰り返し、体調が安定しない。

「気にしないでください。豊穣祭は毎年ありますから。体が弱っているのは危険です。硬質化が一気に進んでしまうかもしれません」

「……ですが、楽しみにしていたのでしょう？　そう遠くではありませんから」

「はい。でも楽しみにしていたのはヴァイス様と一緒にいく豊穣祭です。豊穣祭は毎年あります。また来年、一緒にいっていただけると嬉しいです」

私はヴァイス様が心配しないようにと、にっこり笑ってみせる。

そう、ヴァイス様と一緒にいけるから楽しみだった。

一緒に花火を見て、一緒に露店を回ってたわいもない話をして、一緒に大道芸の感想を話し合って、他にも恋人同士みたいに肩を並べて綺麗な夜景の中を歩いて、好きだとプレゼントを渡したり……、そんなことを夢見てちょっと嬉しかったけれど、無理をさせたいわけじゃない。魔力の過剰反応が原因の熱なのか、リックス達を相手にしたときの疲れからきた熱なのか判断がつかない状態なのも、とても心配。

私がヴァイス様の魔素濃度を測り終わって、顔をあげると、ヴァイス様と目があって、慌ててヴァイス様が目をそらした。

「……どうかなさいましたか？」

何か失礼なことをしちゃったかな？　と思って聞いてみる。

「ああ、いえ、すみません。あまり女性を見つめるのは失礼かと思いまして。そうですね、では最終日の夜、近くの丘で花火を見るのはどうでしょうか？　ここの近くですし、それくらいなら医者からの許可も出ると思いますが」

「はい、是非！　あ、でもちゃんと先生が大丈夫と言ってくれたらですよ？　駄目と言われたら絶対駄目ですからね。ヴァイス様はすぐ無理をしますから」

ヴァイス様は本当にすぐ無理をするから心配になる。私の心配をしてくれるのはとても嬉しいけれど、でも無理をしてほしいわけじゃない。私が言うと、ヴァイス様も苦笑いを浮かべた。

「はい。流石に今回は反省いたしました。こうも発熱が長引くとは思いませんでしたから。一度しっかり治さないと何もできません」

そう言って笑ってくれた。

パタン。

自分の部屋に戻ってから扉をきっちり閉めて、私は笑みがこぼれそうになるのを必死に抑える。花火に誘ってもらえた。ヴァイス様から。

熱が下がらなくて行けないと諦めていたから、凄く嬉しい。

私は机に大事にしまっておいた、包みをとりだした。キールさんがこっそり屋敷に呼び寄せてくれた行商人の人から買ったヴァイス様用のブローチ。

機会がなくて渡せないと思ったけれど、花火に行けたら渡せるかな?

一生懸命練習したセリフをもう一度心の中で言ってみる。

ちゃんと伝えよう。私もヴァイス様が好きだって。

私を個人として認めてくれて、守ってくれて、私の幸せもちゃんと考えてくれていて。

泣いてばかりで駄目な私を怒りもせず、見捨てもせず、ちゃんと尊重してくれて。

私の発明をけなすことなく、さらに伸ばしてくれて、私が気づかなかった翼を与えてくれる。いつも褒めてくれて、微笑んでくれて、慰めてくれて、好きだと言ってくれる。

私の喜ぶことを考えてくれて、用意してくれて。

いつも一番に私の幸せを考えてくれる。

幸せそうに頬を染めて微笑む顔も、時折みせてくれる子どもっぽい笑顔も全部好きで。

言葉で、いっぱいの感謝をちゃんと、伝えよう。

明日はヴァイス様の熱が出ないといいな。

「明後日は頑張らなきゃ」

私は嬉しくてベッドに寝そべると枕を抱きしめた。

「何故あそこでシルヴィア様に告白の返事を聞かなかったのか理解できません」
シルヴィアが去ったあと、部屋の隅で別作業をしていたキールがひょいっと顔を出した。
「……放っておいてください」
ベッドに横になって、顔を押さえながらヴァイスが答える。

そう、一緒に行く豊穣祭を楽しみにしていた、来年一緒に行こう。

このセリフは、ヴァイスのプロポーズを受けてくれたともいえる内容だった。それなのにヴァイスは聞き返さずスルーしたのである。

よしきた、突っ込めと、心の中で思っていたキールからしたら肩透かしもいいところだ。

「大体、あそこで聞いてしまって、【友達として】と言われてしまったら、私はこの後どうやって彼女に接していいかわからなくなるではありませんか⁉」

大仰に両手を振り上げて抗議するヴァイス。

「そんな旦那様には、ヘタレオブヘタレの称号を差し上げます！　よかったですね称号が増えました！」

嬉しそうに言うキール。

「人が熱で動けないからと、最近図にのっていますよね？」

「それは間違いです、旦那様！　シルヴィア様の件でからかうのが楽しくて、熱の前からかなり図にのっていました！」

キールが胸に手をあてて懺悔のポーズをすると、ヴァイスがベッドからモルゲンシュテルンを二個ひょいっと取り出した。

「やはりそろそろ一度話をつけておくべきでしょうか」

「旦那様！　私は貴方の忠実な下僕です！　っていうか、モルゲンシュテルンってコートなくても出てくるんですか⁉　コートがないから大丈夫だろうと、ちょっと油断しておりました！　コートに付属されているものだと⁉」

「予備を用意しておくのは紳士として当然でしょう？」

「いえ、ごく一般的で普通の紳士はモルゲンシュテルンを持ち歩いていないはずですが」

「ごく稀にいる紳士なので問題ありません」

そう言って、ゆらりとモルゲンシュテルンを持って立ち上がる。

「あ、旦那様。熱があるのに流石にそれはどうかと思います」

キールが両手で防御の姿勢をとりつつじりっと一歩下がる。

「適度な運動はいいと、誰かが言っていました」

無表情で言うヴァイス。

「誰ですかそんな無根拠なことを言っていたのは！　そして忠実な下僕に暴力は反対です！」

「忠実ではないのでなんら問題ありません」

キールが涙ながらに抗議し、ヴァイスがモルゲンシュテルンを持ってにやりと笑ったその瞬間。

「……って、また何ふざけているんですか⁉　熱がぶり返したらどうするんですか！　寝てないと駄目じゃないですか⁉」

部屋に荷物を持ってきたマーサが乱入し、無理やりヴァイスをベッドに寝かしつけるのだった。

昨日から平熱で、今日の夕方も熱が出なかったことから、花火だけでなく少しの時間だけ豊穣祭会場に行くことも許してもらえた。

豊穣祭最終日の夕方。馬車の前で、ヴァイス様が手をさし出してくれた。

「さぁ、行きましょうかマイレディ」

ヴァイス様にエスコートされて私は馬車から降りる。

いつもは黒を基調としたコートだけれど今日は刺繍が施された赤いコートにシルクハット。顔立ちとすらりとした長身がさらに映えて、かっこよさも増していて、ドギマギしてしまう。祭りは最終日というだけあって人が多くて、賑わっていた。

街のあちこちで出店が立ち並び、大道芸を繰り広げている人や、嬉しそうに買い物を楽しむ人々。久しぶりの人ごみに少しテンションがあがってしまう。

祭りなんて何年ぶりだろう。ヴァイス様と来られるなんて幸せ。

結婚して閉じ込められて出かけられなかった事実をまた思い出して、変なことを考えてしまいそうになって私は思わずヴァイス様を見た。

「どうかなさいましたか？」

「あ、い、いえ、すみません。今日のコーディネートも素敵だなって思って」

嫌なことを思い出して泣くと困ると慌てて見てしまったけれど、いきなりじっと見つめるのは失礼だったかなと、視線をそらす。

「はい、今日のために気合をいれましたから、そう言っていただけると嬉しいです」

ヴァイス様は優雅に微笑むと私を抱き寄せた。

「今日の貴方こそとても素敵ですよ。見目麗しいと謳われる女神、精霊達の始祖であり錬金術の神レルテーゼの再来かと思わず見惚れてしまいました」

私の腰に手をまわして顔を近づけると、耳元で甘い声でささやいた。かかった甘い吐息に思わず身が固まる。ほのかに香る香水の匂いにどきりとしてしまう。

「ヴァ、ヴァヴァヴァイス様!!」

思わず身を離すと、ヴァイス様がにっこり笑う。

「おや、これは失礼しました。迷惑でしたか？」

「い、い、いえ、め、迷惑ではないです！　ただ、ちょっと驚いてしまって」

私は慌てて、目をそらした。本当に、ヴァイス様はさらりとこういうことをするから、かっこよすぎて困る。

「ならよかったです。ただ、体勢はこのままでお願いします。はぐれてしまっては大変なので」

ヴァイス様が片手でシルクハットを少し持ち上げるとウィンクして、私の腰に手を添えて、歩き出した。

私の歩く速度に合わせてゆっくり歩いてくれる、ヴァイス様と一緒に歩く。

……前はリックスの速度に合わせるために速く歩いていたのに。

またリックスが思い浮かんで私は、慌てて思考を戻す。

駄目、駄目。なんでいつも比べちゃうんだろう。また泣きだしたらヴァイス様に迷惑をかけてしまうもの。

「見てあの人かっこいい」

「凄く素敵」

時々女性がヴァイス様を見て、かっこいいと話しているのが聞こえて、一緒に歩いている私まで照れてしまう。

赤いコートと目立つ服装だからか、女性の注目を浴びてしまっているのかも。

ひそひそ話をしている人の中には私なんかよりもずっと美人な人もいて、私がヴァイス様の配偶者でいいのかと不安になってくる。

――できない嫁、恥ずかしい嫁、気が利かない嫁――

どこからかそんな声が聞こえてきた気がして、苦しくなって思わずぎゅっと手を握る。

「マイレディ？　どうかしましたか？」

いきなりヴァイス様が覗き込んできて、私はびっくりした。

「え！　えっ⁉」

「すみません、先ほどから呼んでいたのですが、何か考え事をしていたようでしたので」

綺麗な顔でにっこり微笑まれて、私はまた涙がでそうになって、ぐっとこらえて笑う。

「すみません、なんでもありません。た、楽しいなって思って」

「……そうですか。それはよかった」

少し目を細めて微笑むヴァイス様。

「次は、中央広場に行きませんか？」

「中央広場ですか？」

「はい、もうすぐダンスを皆で踊るそうです。よろしければそこで一曲お相手いただけると嬉しいのですが」

「ダンス？」

「ええ、近年はじまった行事だと聞きました。ここでこの国の服の流行が生まれると噂でして。この国にも事業を拡大するつもりですから。ぜひそのダンスの様子を見ておきたいと思いまして」

おどけて言うヴァイス様に私は思わず、くすっと笑ってしまう。

「あまり事業を拡大すると、またキールさんに怒られてしまいますよ？」

「私は走り続けてないと死ぬタイプなので、彼に我慢してもらうしかありません。ダンスはご迷惑でしたか？」

「いえ、私は大丈夫です。でもヴァイス様はあまり無理をしないほうが。体調が万全ではありませんし」

「……ふむ。返す言葉もないのですが、このダンスを一緒に踊ると結ばれると噂でしてね。ぜひ貴方と踊らせていただけると嬉しいです。一曲全部は少々厳しいかもしれませんが、少しだけでもご一緒いただけると」

少し顔を赤らめて笑うヴァイス様にドキドキしてしまう。

「はい、それでは、少しだけにしておきましょう。よろしくお願いします」

はにかんで微笑むヴァイス様に私はにっこり笑い返した。


「わぁ」

光の演出で綺麗に飾られた中央広場のダンス会場に私は思わず声をあげた。

魔道具でキラキラと幻想的な光が会場中央にある噴水を綺麗に彩り、舗装されたレンガの石畳にも光の演出がされていた。七色の光がレンガを照らし氷の結晶のようなものを映し出している。オーケストラの準備をしている人々や、会場でダンスを待つ恋人達が嬉しそうに談笑していた。

私が豊穣祭にきていた時はダンスはなかったけれど、いつの間にか結婚する前の恋人達が踊る場として定着していたらしい。

入場券を買って、設置されたホールに入る。ヴァイス様がここは大人気でなかなかチケットが取れないと教えてくれた。ヴァイス様が先に予約をしてくれていたおかげで、私達はすんなり会場内に入ることができた。

「観光地化の一環ですね。国をあげて力を入れている事業です。他国でもここは一度は訪れたいデートスポットになっています。そのため各国から人が集まり、ここで新たな流行が生まれると、注目されている場所でもあります」

ヴァイス様が私の手をとって踊るポーズをして「何より、貴方と一緒に踊れることが光栄です」とおどけてみせる。

ヴァイス様は私を抱き寄せて「綺麗ですよ」と耳元でささやいたあと、踊る風に体をくるっと一回転し、にっこり笑って頰を少し赤らめた。

私も耳たぶが熱くなる。

ど、どうしよう。動作の一つ一つがかっこいい。ドキドキしてしまって、どう接したらいいのかわからない。

「さて、一曲踊る前に飲み物でも買ってきましょう。ここでお待ちいただけますか、お姫様。警備の方もキール達が密かにそばにいますから、安心してください」

ヴァイス様がにっこり笑ってくれる。で、でもジュースの中に回復ポーションの成分が入っていたらどうしよう。

「あ、あのヴァイス様」

「わかっていますよ。私はここで買ったものには口をつけませんから安心してください。成分に何が入っているかわかりませんからね。貴方と踊る前に倒れてしまっては悔やんでも悔やみきれません。本当なら一緒のジュースを二人で飲むというのも体験はしてみたかったのですが、残念です」

「ジュースですか？」

「はい、一つのジュースを二人で顔を見合わせながらストローで飲むというのが、流行だそうでして。マイレディとなら是非ご一緒したかったのですが」

そう言ってにこやかに笑って、手を振って飲み物を買いに人ごみに消える。

——二人で一緒？

ヴァイス様の顔が近い状態で一緒にストローで飲み物を飲んでいる図を想像してしまって、全身が熱くなる。う、うん。無理。あの綺麗な赤い瞳が目の前にあって端整な顔が近くにある状態で一緒に飲むなんて絶対無理。恥ずかしさで死んでしまうと思う。

私は一人熱くなった両頰を押さえるのだった。

「はい。どうぞ。マイレディ」

ヴァイス様が綺麗なグリーン色のジュースを買ってきて、差し出してくれた。キラキラと中が光っている。

「凄く……綺麗です。飲むのがもったいないくらい」

「お気にめしたなら光栄です。今年の新作ジュースらしいですよ。あまりにもマイレディの瞳に似て綺麗だったので買ってきてしまいました」

後半は甘くささやきながら、私にジュースを渡してくれる。

「……ヴァイス様は、女性の扱いになれていらっしゃいますね」

「おや、そう見えますか？」

「そ、その、行動がとてもスマートというか素敵というか……」

「そう言っていただけると、嬉しいです」

にっこりと笑うヴァイス様は本当に嬉しそうで、それだけで心臓がバクバクしてしまう。

「まぁ、商売柄女性の扱いには慣れている方だと思います。ですが、このように必死に口説いたのは貴方がはじめてです」

「え？」

「前にも話したと思いますが、女性に好意を抱いたことが一度もありませんでしたから。本当に好きな人にどのように接していいのかわからず、私もかなりいっぱいいっぱいでして。可笑しなことをしていないといいのですが」

はにかんで笑いながら、手の甲にキスをしてくれて、全身が熱くなるのを感じてしまう。

「ほ、ほほほほ、本当にお上手です!!!!」

自分でもよくわからない返事をして、慌てて飲んだジュースの味はもの凄く甘くて少しシュワッとした。

それから照れを隠すようにもくもくとヴァイス様の買ってきてくれた、綺麗な色のジュースを飲んで待っていると、オーケストラの曲が流れてくる。

「おや、はじまるようですね。それではよろしいでしょうか」

そう言って、私のジュースを預かってくれて、コートにしまう。

前から思っていたのだけれど、ヴァイス様のコートはどうなっているのだろう？

そんなことを思っていると、ヴァイス様が私の手をとった。

途端、光が会場全体を照らして、シャボン玉が宙を舞い幻想的な光景をかもしだす。

「では、一曲お付き合いください」

ヴァイス様の言葉とともに、私達は曲に合わせて踊りだした。

色とりどりの移り変わる光の中で、ヴァイス様がリードしてくれて、ステップを踏む。

淡い光に照らされるヴァイス様の横顔がとても綺麗で見惚れていると、ヴァイス様と目が合って微笑まれてしまい、顔が熱くなる。

「ヴァ、ヴァイス様はダンスがお上手ですね」

赤くなってしまった顔を誤魔化すように私が言うと、ヴァイス様がリズムに合わせて私を抱き寄せる。

「ダンスは紳士の嗜みですから」

甘く耳元で囁かれてドギマギしてしまう。そして音楽に合わせて大きく身体を引き離すと嬉しそうに私と両手を繋いだ。

「今まではダンスは形式的な儀式くらいにしか思っていませんでしたが、何故、恋する男女がこの儀式を楽しみにしていたのか、わかった気がします」

「え？」

「貴方の息遣い。そしてこうしてともに、刻むステップでの一体感」

言いながら綺麗な右手の指を私の指に絡めて、そっと手を握り、左手を腰にまわす。

「貴方の一挙一動に視線を奪われる。ともに時を過ごせることに喜びを感じます」

私を引き寄せてくるりと回ると、ヴァイス様が微笑んだ。

「ヴァ、ヴァイス様」

離れた私の左手に、ヴァイス様はまた丁寧に指を絡める。

「貴方と触れ合えるだけで心が高鳴り、愛おしいという気持ちはこういうことなのかと再認識させられる。この一瞬一秒全てが愛おしい」

澄んだ赤い瞳で顔が近い状態で、じっと見つめられて言われるセリフに、自分の顔がりんごになってしまっているのではないかと思うほど熱くなった。

「ヴァ、ヴァヴァヴァイス様」

「好きですよ。マイレディ」

そう言って、踊りながら、ヴァイス様は微笑んでくれた。

「凄く幻想的で素敵でした」

ダンスを踊り終わって会場から帰る途中、私は顔が赤くなりすぎてないかと心配で思わず両頰を押さえた。

「はい。私も楽しかったです。これで邪魔が入らなければもっと楽しかったのですが」

隣を歩きながらちょっと恨めしそうにヴァイス様が言う。

あの後、結局、私はぼーっとしてしまって一曲まるまる踊ってしまった。二曲目に入ろうとしたところで、にこやかな笑みを浮かべたキールさんにストップをかけられ、踊りをやめて慌てて会場から出てきたのだ。本当はキールさんが止める前に私が気をつけなきゃいけなかったのに。つい見惚れて踊り続けてしまったことにかなり憂鬱になる。

「で、でも無理をしてまたぶり返したら大変です」

私がヴァイス様の顔を見上げて言うと、ヴァイス様が「そうですね」と笑ってくれた。

「残念ですが、あとは花火を見て帰りましょう」

ヴァイス様がシルクハットを被りなおしつつ、ウィンクする。

「は、はい！」

私は慌ててドレスに隠しているヴァイス様にプレゼントするブローチを確認した。

花火を見ながら渡すと心に決めた、ヴァイス様用のブローチ。うん、ちゃんと持っている。今度こそちゃんと言わなきゃ。今日はそのためにきたんだもの。

花火の時にちゃんと自分の気持ちを言わないと。

いつまでも好意に甘えているだけじゃ、ヴァイス様に失礼になってしまう。

それに、今日は一回も泣いてない。だから大丈夫、きっとできる。

がっしゃーん！

個人が店を出すフリーマーケットのエリアに入った途端、急に音が鳴り響いた。

慌てて音の方を見ると、子どもと、赤ちゃんを背負った女性に、男の人が大声で怒鳴っていて、女性が売っていたらしき商品の壺を割ってしまっていた。

「な、なんでしょう」

怖くなってヴァイス様の腕を掴む。

「商品についてのもめ事のようですが……」

ヴァイス様がチラリと私を見た。

私はどうしていいのかわからなくて、怒鳴られている女の人と、ヴァイス様を交互に見る。今にも殴られてしまいそうなのに誰も止める人がいない。

何人かは警備員を呼びにいったみたいだけど間に合うかわからない。

怯えている女性と子どもの姿に胸が締め付けられる。

まるで昔の自分を見ているような錯覚に襲われて、思わずヴァイス様の後ろに隠れる。

「キール、そこにいるのでしょう？」

ヴァイス様が急に私の後ろに呼びかけた。

「はい、旦那様」

その声とともにキールさんが私の隣に現れた。

え、え、どこにいたんだろう？

思わずキールさんがどこから出てきたのかあたりを見回してしまう。

「マイレディを頼みます。不愉快ですから片付けてきましょう。少々お待ちください、マイレディ」

そう言ってヴァイス様は颯爽と駆け出した。

「このガキが俺の財布を盗んだんだ！」

男がすごみながら、赤ん坊を背負った女性に詰め寄った。

目の前には女性がフリーマーケットに出品していた商品が散乱している。

「そ、そんなこと、この子がするわけがありません！」

怯えた子どもを隠しながら女性が訴える。

敷かれたシーツの上にあった商品の壺は男の乱暴によって割れてしまい、女性は涙目になりながらシーツの上で子どもを抱いて必死に訴えていた。

「そうだよ！　おじちゃんが財布ごと僕に渡してきたから、これじゃこの絵の値段に足りないって言っただけだよ！」

黒髪の男の子が叫んだ途端。

ダンッ!!

男が威圧するかのように、その場で足を地に叩きつけた。

「俺の財布を持っているのが証拠だ、このスリめっ！　この絵を賠償にするなら許してやるっ!!」

そう言って男が商品の絵を取り上げようとした途端。

「なるほど。この絵を購入する所持金が足りなくて、こんな一芝居をうったわけですか」

横からひょいっと顔を出したヴァイスが男から絵を奪いニマニマしながら言う。

「な、何だ、お前は!?」

男が突然現れた長身のヴァイスに驚いて背をそらした。

「何。通りすがりの紳士です」

「関係ないなら引っ込んでいろ」

「いやいや。目の前で強奪が行われているのに黙っているわけにはいきません。この絵、今は亡き画家であり、抽象画の巨匠と言われたファレファのものだと気づいたから、こんな芝居をうって、女性から取り上げようとしたのでしょう？」

ヴァイスが絵を掲げて、にっこりと笑うと、その場が大きくどよめいた。

「んんあ!?」

男が驚いた声をあげる。

「手に入れて売れば軽く五千万ゼニーにはなりますね。それがたった三万ゼニーで売っていた。けれど所持金が足りない。だが家に戻っていたら、誰かに買われてしまう。しかし、売らないように頼めば、この絵が価値のあるものだと感づかれる可能性がある。だからこのようなことをしてしまった。違いますか？」

絵を見ながら考え込むポーズで言うヴァイス。

「ええっ⁉」

売っていた女性も驚きの声をあげる。

「貴方は、財布の中身が足りていないのを自覚していたにも拘わらず、子どもに代金だと手渡した。子どもが財布の中身を確認している間に絵を持っていこうとして、失敗してキレて暴れたといったところでしょうか」

ヴァイスがニコニコしながら絵を持ったまま人差し指をたてて説明した。

「そんな証拠どこにあるんだ！」

男がヴァイスに食ってかかる。

「貴方の手。高価で手に入れにくい、西部産の青色絵の具が爪についています。これは誠に色合いが絶妙で人気ではありますが一度体につくと落ちにくくて有名です。そして青の絵の具は現在、もっと安価で作れる東部の植物で作られるものが主流です。その絵の具を好んで使うのは、絵師ファレファの時代の絵画を復元する者。もしくはその時代の絵をよく知り、その時代の画材を好むもの。――つまり貴方は絵の価値を知るべき立場にいる可能性が高い」

ヴァイスが男をゆっくりと指さす。

「それに脅し方もまったくもって素人だ。まぁ、詳しく話して参考にされても困るので、詳細は伏せますが、脅し慣れてはいないのでしょう？　ずぶの素人が無理をしないほうが身のためかと。いまならまだ魔がさしたで許してさしあげますが、どうします？」

ヴァイスが心底馬鹿にしたような笑いを浮かべて言うと、男はワナワナと震えた。

「うるさいっ！　邪魔者は引っ込んでろっ!!」

男は子連れの女性のスペースに陳列されていた商品の鉄製ステッキを持つと、ヴァイスを殴りつけた。

ガッ！

ヴァイスは男の攻撃を避けるが鉄製ステッキが顔をかすめ、触れた頬から血が流れる。

「ヴァイス様!?」

遠くから見ていたシルヴィアが近寄ろうとするが、キールが止めた。

「どうだっ！　俺に逆らうからこうなるんだ!!」

男のセリフにヴァイスは嬉しそうに声を殺して笑う。

「おや、それが答えですか。では、先に手を出したのはそちらなので、遠慮はいりませんね。貴方のようなタイプは一度痛い目にあったほうがいいでしょう。周りには貴方の暴力が先であったと証言してくれる人達がいることですし……さぁ『正当防衛』をはじめましょうか？」

ヴァイスはそう言って自らの頬から流れて伝ってきた血をなめとった。

「しっかりしろー！　さっきまでの威勢はどうした!?」

ヴァイスと男の戦いはいつの間にか見世物になっていた。

周りから野次が飛び、男がヴァイスを何度も殴りつけるがヴァイスはさして動くことなくあっさり躱す。

「いやぁ、情けないですね。女性や子どもを相手に脅すのも中途半端。ひょろい商人には攻撃をあてることもできず、見世物にされている。これほど情けないことはないじゃないですか」

はぁはぁと肩で息をする男にヴァイスがけらけら笑いながら煽ってくる。

馬鹿にするように、後ろ手に男から奪ったステッキを持った体勢でひょいひょいと攻撃を躱してしまうのだ。いつの間にか周りにいた人達や商品は綺麗に撤収されており、嘲笑うように見物人達がやいのやいのと騒いでいた。

「ふ、ふざけるな」

「他人から商品を強奪しようとしていた貴方の方が、ふざけていると思いますがね。ここまで注目を浴びてしまえば、知っている人間の一人や二人いてもおかしくありませんね。いやはや、貴方の今後の評価がどうなるのか、楽しみでしかたありません。か弱そうな子持ちの女性と、子どもから金品を巻き上げたチンピラという評価は、貴方の仕事にどれだけ響くでしょう」

ニタニタ笑いながら、ささやくように言う。

「きさまっ!?」

男が殴るがやはりヴァイスに軽く躱される。

「さて、これくらいでいいでしょうか。私も愛しい人を待たせていますので、貴方にかまっているほど暇ではないのですよ」

ヴァイスの視線が冷酷なものになり、男はぞくりとしたものを感じ、思わず後ずさる。

「女性や子どもの前だったことを感謝するのですね。これくらいですんで貴方はとても運がいい。……ああ、ですが、それはここだけの話で、その後の生活にまったく影響がでないかまでは保証しかねますが」

にやりと笑ってヴァイスの持っていたステッキが動いたと思った瞬間。

何をされたかもわからぬまま腹部に痛みが走り——男は意識を失った。

「ヴァイス様！」

私はキールさんと一緒にヴァイス様のところに駆け寄った。ヴァイス様の足元ではのびてしまった男の人がいる。

「思っていたより時間がかかってしまいました。申し訳ありません」

男の人を見下ろしながらヴァイス様がコートの乱れを整える。

「あ、あの、ありがとうございました！」

子どもを背負った女の人がヴァイス様に涙ながらに頭を下げた。

「いえいえ、お気になさらず。ですがこの絵は気を付けてくださいね。皆価値に気づいてしまいましたから。狙われるかもしれません。……ああ、そうだ、テック」

「はい、旦那様」

名前を呼ばれた護衛の人が人ごみから出てきてヴァイス様にお辞儀をした。

「この方達を家まで送ってあげてください。その前に銀行に連れて行き荷物を預けられるように手配するのも忘れずに。家に所持しておくのは危険です」

「はい、かしこまりました」

ヴァイス様の護衛の人が頭を下げて、女性の後ろに立つ。

「何から何までありがとうございます」

涙ながらに女性が言うと、女性の足元にいた男の子がひょいっと前に出る。

「お兄ちゃん！　ちょっとしゃがんで！」

男の子がニコニコとヴァイス様に手を伸ばした。

「はい？　何でしょう？」

しゃがんで男の子にヴァイス様が目線を合わせると、男の子がニカッと笑った。

「ありがとう。これお礼！」

男の子がヴァイス様の傷口に何か塗った。

「……これは？」

「最近よく効くって売っている傷薬。エデリー商会の高いお薬で本当によく効くんだ！

ありがとうねお兄ちゃ……」

そこまで言いかけた男の子の顔が真っ青になって、私はどうしたのかと男の子の前にいるヴァイス様を見て、その理由を悟った。

ヴァイス様の顔が真っ青になり、ぶわっと顔のいたるところに紫色の塊が浮かび上がっている。

「う……あ……」

ヴァイス様が急に胸を押さえて苦しみだし、見ていた周囲から悲鳴があがった。

みるみる、斑点が広がっていき、どんどん顔が紫色に染まっていく。

目の前にいた男の子が恐怖で腰から崩れ落ち、ヴァイス様も苦しそうに胸を押さえたまま前かがみになり——ぐらりと揺れて倒れ込む。

「ヴァイス様!?」

私が慌てて駆け寄るけれど、それよりはやくキールさんがヴァイス様を抱き上げた。

「シルヴィア様！　はやく薬を!!」

その声にはっとして、私は持っていた抑制剤の瓶をあけて、ヴァイス様に差し出した。

けれど、ヴァイス様は目を細めただけで、ぴくりとも動かない。慌てて手を見ると、もう手の先が紫色に変色してしまっていて、胸を押さえた状態で固まってしまっている。

——急激に硬質化が進んでしまっている!?

どうして、塗り薬をぬっただけで、こんなに悪化するの!?

私は急いで口に含むと、無理やりヴァイス様に口移しで飲み込ませた。

時間がない。恥ずかしいとか言っている場合じゃない。硬質化を早く止めないと。

「キールさんっ！　屋敷に戻りましょう。抑制剤は一時凌ぎにしかなりませんっ。テーゼの花の薬を飲ませないと無理ですっ！」

「はいっ!!」

キールさんは男の子から薬を取り上げると、ヴァイス様を肩に担いで、私まで肩に担いで猛ダッシュで、人ごみをすり抜けていく。

「キールさん!?」

「喋らないでください、舌をかみます！　馬車までこちらのほうがはやい!!」

そう言って、キールさんは高く飛び跳ねた。

「薬を持ってまいりましたっ！」

屋敷に戻り、ヴァイス様をベッドに寝かせたところで、キールさんが工房にあった薬を持ってきてくれた。ヴァイス様の服を脱がせてみたけれど、肌の三分の一くらいがすでに紫色になり、もの凄く進行してしまっている。

ヴァイス様の意識はあるようだけれど、口からヒューハーと音を出すだけで、言葉を発しない。眼はうつろで、焦点も合っていない。どうしよう、父の末期の手前の症状まで一気に進行している。でもなんで⁉

「まずは効くか、飲ませてみましょう！」

私はキールさんから薬を受け取ると、そのまま口移しで押し込むように飲ませた。

まだ気管までは硬質化していないようで、なんとかヴァイス様は薬を飲みこんでくれた。

――お願い効いて。

父を治したくて必死に勉強して作り出した薬のレシピ。

父がまだ元気なうちに父と一緒に研究に研究を重ねたからきっと効くはず。

しゅぅぅぅっと音がして、少しずつ、ヴァイス様の紫色の塊が薄くなっていく。

「き、効いた？」

「旦那様っ⁉」

マーサさんとキールさんが思わず身を乗り出す。

確かに少しよくなった。効いたように見える。でも、違う。

「……駄目です。予定よりずっと効果が薄い。これではまたすぐ進行してしまいます。やはり熟成期間が短すぎました」

「じゃあ、残りを飲ませれば⁉」

キールさんが瓶に残ったポーションを指さして言うけれど、薬は多く飲んだらその分効くというわけじゃない。

「コップと同じです。身体が受け付ける量はおなじで余分に注いだところで水があふれてしまうだけ。ここで飲ませても身体が受け付けず無駄になってしまいます」

「では、旦那様はどうなるのですかっ⁉」

キールさんが私の両肩を摑んで縋るように言う。

「方法は二つ。この状態のまま毎日抑制剤を飲ませ続けて、その間にもう一度これを熟成させて待つか……。もう一つはエデリー家の秘術の中の一つ、熟成を促す術を使うか」

「そうすれば助かるのでしょうか？」

キールさんがホッとした感じで言うけれど、でも違う。

「……正直どちらもものの凄く可能性は低いです。父も同じ状態で抑制剤を投入しましたが、皮膚への広がりは確かに抑えられたのですが、見えない部分……硬質化が臓器に侵食してしまって十日もたたず命を落としました」

「では！　エデリー家の秘術は⁉」

キールさんが私に顔を近づけて必死に叫ぶ。

「……私は百回チャレンジした中で一回しか成功したことがありません」

「でも、可能性がゼロじゃないんでしょう？　奥様。どちらかを試してみないと」

マーサさんが私の肩に手をおいた。

「……はい。わかっています。わかっていますっ！　でも、どうすればいいのか、わからなくてっ‼」

泣きながら私は頭を抱える。

「最善をつくさなきゃ、つくさなきゃ駄目なんですっ！　そうしなきゃヴァイス様が死んじゃいますっ。でもどちらを選べばいいのかわからないんですっ」

私はマーサさんに縋るように肩を掴んだ。

「テーゼの薬はあと一回分。錬金術の秘術を失敗してしまったら無駄になってしまう。この薬を残して熟成させたほうがいいのか。それとも百分の一の可能性にかけるか。でも、抑制剤で広がる範囲を抑えたとしても、ここまで広がってしまった状態だと、臓器の方に転移して命を落とす可能性が高すぎてっ。十日から三十日もてばいいほうで、とてもじゃないけど、薬の熟成まで間に合わないっ！」

説明しながら涙がぽろぽろ流れる。

――そう、どちらを選んだとしてももの凄く可能性が低いのだ。

選んだ方が駄目だったら？

どうして。嫌。やだ。このままじゃヴァイス様が死んでしまう。

「こんなことなら、ちゃんとエデリー家の秘術を使えるまでポーションを作り続けるべきだったんです！　作るとイヤな顔をされるから、力を見せつける気かと言われるのが怖かったから、私は逃げてしまったっ!!　全部、全部、私のせいなんですっ！」

あふれる涙が止まらない。

そう、リックスが何を言ったとしても、ちゃんと自分を持つべきだった。

嫌われたくない。好かれたい。嫌な顔をされたくない。

そうやって顔色ばかり窺って私は何もかも放り投げてしまった。

守るべきエデリー家の技術も。家も、家を支えていてくれた人達も、私のせいで全部失ってしまった。そして今、大事なヴァイス様まで失いそうになっている。

「やっぱり私は駄目な人間なんですっ！　だって一番守りたいものを前に、結局何もできないっ。私なんて役立たずでお荷物で高飛車でっ!!」

「いいえ、まだ諦めるべきではありません。一度でも成功したことがあるというのなら錬金術の秘術を試しましょう」

私のヒステリックな叫びを遮ったのは、キールさんでも、マーサさんでもなかった。

「旦那様……」

マーサさんが声の主の名を呼ぶ。そう、私の叫びを遮ったのは寝ていたはずのヴァイス様だった。テーゼの花の薬の効果か少し硬質化が解けたことで喋れるようになったようで、のそりと起き上がった。

「旦那様っ！」

キールさんが慌てて寝させようとするけれど、ヴァイス様は手で制す。

「申し訳ありませんが、私の命に関わることなので私に決定権をいただきたい」

苦しそうに胸を押さえながら私に微笑む。

「ヴァイス様……」

「私の願いを聞いてくださいますか？　マイレディ」

優しく残酷なことを言う。嫌だ、失敗したらヴァイス様が死んでしまう。

怖くて作れるわけがない。

「でも、でも、作れる自信がありませんっ」

ぼろぼろとこぼれる涙が止められない。大好きなヴァイス様を失いたくないという思いとか、失敗が怖くて逃げたい気持ちとか、いろいろな感情がごっちゃになって自分でもよくわからない。

みっともなく泣いていると、ヴァイス様が手を伸ばし私を抱きしめた。

「……ヴァイス様？」

「その時はそれが運命だったのでしょう。貴方のせいではありませんよ。私が決定した以上、どんな結果になったとしても、それは私の責任です。……わかりますね？」

私の耳元でささやくようにヴァイス様が言う。

「でもっ、でもっ……！」

ぎゅっとヴァイス様の背に手をまわして力強く抱き寄せた。

ヴァイス様のぬくもりに、かすかにかおる香水に。もし死んでしまったらもうこのぬくもりを感じることができなくなる。

やだ。やだ。やだ。お願い死なないで。

「もともと貴方と出会わなければ、病気になり死んでいた身です。私に何かあったとしても、貴方のせいではありません」

ヴァイス様が私をぎゅっと抱きしめた。その体は震えていて、私は思わず顔を上げる。

「……すみません、私のせいで貴方に酷な選択を強いることになってしまいました。背負わなくていい罪を貴方に背負わせることになってしまい、申し訳ありません。こんなことを望んでいたわけではなかったのに。貴方を苦しめたかったわけじゃない」

声を震わせて言うヴァイス様の目からは涙があふれていた。

その姿に――私は固まった。

私は――何をしているのだろう。

一番つらいのはヴァイス様で、苦しいのも、死ぬ恐怖も全部抱え込んでいるのは彼のはずなのに。そんな彼に、私は慰められている。

違う、違う、違う。

患者に寄り添い励まさなきゃいけないのは私の方。

最後まで希望を捨てるなと声をかけて、不安を取り除かなきゃいけない立場なのに患者であるヴァイス様に心配をかけてしまっている。

どんなに辛くても、悲しくても、仕事に対する誇りは捨てちゃいけない。

私は慰められる側じゃない。――私は錬金術師で彼を支える側じゃなきゃいけないんだ。

「マイレディ、もう一つお願いがあります」

「お願い……ですか？」

「私といま結婚していただけませんか？　次動けなくなってしまったら、もうサインもできなくなってしまうかもしれません。せめて、貴方と夫婦になる夢を……」

そう言いながら微笑むヴァイス様の顔はどこかはかなげで、もう死を覚悟しているのではないかと不安になる。

そう――死を覚悟しているからこそ、遺産を私に渡すためにこのタイミングで、結婚を申し込んだ。そしてサインを今この場でしようとしている。

ヴァイス様の涙で、私は妙に意識がはっきりしたように感じた。

抜けることのできなかった霧の中から急に視界が開けた不思議な感覚。

泣いている場合じゃない。治す側が希望を失ってしまったら駄目。どんなに可能性が低くても、諦めちゃ駄目なんだ。

「はい。私もヴァイス様が大好きです。ですからお願いします、結婚してください」

私の言葉にヴァイス様が驚いた顔になる。

硬質化がはじまってしまい、肌のまだらな紫色で顔色はわからないけれど、それでも嬉しそうに笑ってくれたのは嬉しかった。

――だからこそ、譲れない。

「でも、それはヴァイス様が完治してからです。今の状態で結婚は絶対嫌です」

「ですが……」

ヴァイス様が何か言いかけるが私はヴァイス様の唇に人差し指をあててその言葉をとめた。だってヴァイス様に討論で敵うわけないもの。それに、何を言われても私の意志はかわらない。

「私は諦めません、だからヴァイス様も諦めないでください。治して、お互いに元気な状態で、ちゃんとサインをして式を挙げたいです」

まっすぐ見つめて言う。

「……マイレディ」

「熟成の錬金術を試してみます。だから待っていてくださいね」

私が微笑むと、ヴァイス様も微笑んでくれた。

「はい、ではお待ちしていますよ。マイレディ」

「絶対成功させて戻ってきます。薬を飲んで治しましょう。大好きなヴァイス様」

涙をぐっとこらえて、耳元でささやくと、そのまま抱きしめてくれた。

「よし、用意できた」

私は工房に描いた大きな魔法陣の中においたポーションを見つめた。

熟成を早めるエデリー家に伝わる秘術の一つ。成功したのは学生時代一回だけ。

結婚してからは、リックスに何か言われるのが怖くなって試すことすらしなくなっていた。

でも、大丈夫、今の私ならきっとできる。いや、できなきゃいけないんだ。

マイナスイメージを持つのはいけない。錬金術に一番必要なのは信じる力だと、錬金術を教えてくれた父が言っていた。自信に満ちあふれていた学生時代にできて、働いてからできなかったのは、きっと私に自信がなかったからだ。

だから大丈夫、私ならできる。信じよう。私自身が信じられなくても、私を好きだと言ってくれて、凄いと誉めてくれたヴァイス様の言葉を。

いつだってまっすぐに気持ちを伝えてくれて、私を好きだと言ってくれて、私のためにいろいろしてくれて。ヴァイス様が愛してくれている私を信じる。

——恐れるな。

イメージするのはただ一つ、成功すること。

私は大地から、空から、そして地中奥深くから、全ての気を集めるようなイメージで集中する。ふわりと、妙な浮遊感に襲われて、魔法陣が光る。

『わが言霊に応えよ、天よ、地よ。光よ。闇よ。錬金術の神レルテーゼの寵愛をうけし、わが魂の繋がりにその力を』

精霊語を唱えると魔法陣がさらに光りだし、力が凝縮される。

『どうか願いを——』

精霊語の詠唱とともに——ポーションが激しく虹色に発光しはじめた。

濁流する魔力の渦に飲まれそうになり、吐きそうになる。

いつもここで中断してしまって失敗していた。

でもくじけられない。泣いてばかりの自分を変えるんだ。

そしてヴァイス様の隣を歩ける強さを——。

荒ぶる魔力の流れを自らに押し込むように、気持ちを集中させる。

『エデリー家のその力を!!』

願った途端、金色の光に包まれた誰かが現れる。

——やっと私の声が届いた。こうやって声が届くのはいつぶりかしら？　愛しいあの子のその血と魂のかけらを継ぐ者よ——

その声とともに私の中で何かがはじけた。

意識が混濁していた。

ヴァイスは死ぬのかとぼんやり考える。声を発しようにもまた身体が言うことを聞かなくなり、口からヒューハーと空気が漏れるだけ。

時折心配そうに声をかけてくるが、それがキールなのかマーサなのかも判別できなくなっている。もう無理かもしれない。

思いのほか進行がはやい。シルヴィアが戻ってくるまでもたない可能性もある。

自分はいつ死のうときっと笑って、走り抜けた人生に満足するだろうと思っていた。後悔などすることなく、生まれた時のようにこういうものなのかと受け入れるのだろうと。それなのに、あのまっすぐなエメラルドグリーンの瞳の彼女に魅かれてからは、死というものが怖くなってしまっていた。

前の自分だったら、恋を知れて貴重な体験ができただけよかったと笑って逝ったのだろう。けれど——彼女を残して逝きたくない。

自分が死ねば、キール達もこの国から退去せざるをえない。

そして彼女はこの国から出られない。マーサにだって家族がある。

彼女を守れる力のある者が誰一人いなくなってしまう。

やはり無理にでも結婚をしておくべきだったのではないか、何故また自分は最悪の選択肢を選んでしまったのか——。それでも、彼女のことだ、きっと応じはしなかっただろう。

路上生活者になろうとも顧客を守ると誓ったように。

彼女の瞳が美しく輝くその時は彼女の意志の強さが現れている。

その強さ故魅かれたのだ——仕方がない。きっと自分はあの美しい瞳の前では逆らえなかっただろう。

ふと、何か冷たい感触を感じた。

一部の触覚がマヒしているのかどの部分からかもわからない。けれども何かが体に入ってくる。

「お願いです、戻ってきてください。ヴァイス様」

声が——聞こえた気がした。

四章　薬害と濡れ衣と報復と

「マリアっ！　これはどういうことなのですか!?」

第二王妃の別荘につき侍女に第二王妃の部屋に案内されるなり、マリアはお茶をかけられた。

「な、なんのことでしょうか？」

冷めていたとはいえ、いきなりお茶をかけられたことにマリアは狼狽する。

商売はうまく行っており、新商品の軟膏も、薬も、お茶も評判がいい。

第二王妃も喜んでいるはずだと思っていたのに、別荘につくなり、お茶をかけられたのである。

「貴方の商会のお茶や薬です。あれを摂取するとシミができ、最後は死にいたるらしいではありませんかっ！」

「だ、誰がそんなことを！」

「これです。シルヴィアという錬金術師からの報告書です」

そう言って第二王妃が持ち出したのは、ヴァイスに塗った薬を分析したシルヴィアからの報告書だった。

　そこには薬の成分の中に、東部の人間には害になる成分が発見されたと記載されている。西部の人間には無害だが東部の人間がとると異様に魔力を活性化させ一見薬として効くように見えるが、それは体内にある魔力を制御する魔素免疫が異常活性し、効いているように見えるだけ。東部の人間には拒否反応を起こす物質であり、服用を続けると斑点になり、硬質化がはじまってしまう。今すぐ摂取をやめるべきと続いている。

「……まさか、毒の成分なんてなかったのに」

　マリアが信じられないという声をあげた。

「すでに何人かの貴族の令嬢が肌にシミができたと訴えてきているのですよ!?　私も飲んでしまいました！　どうしてくれるのですか!?」

　王妃がマリアに怒鳴る。そして王妃の後ろに控えていた四十代くらいの白銀の髪の魔術師風の男――錬金術師協会会長がこほんと咳払いをする。

「王妃殿下はまだ症状が出ていないため、今すぐ服用をやめれば問題ないでしょう。問題は、すでに病状が出てきてしまった者と、錬金術師協会に届いている苦情です。かなりの数の苦情が届いております」

「そ、そんな」

　ガクガクと震えながらマリアが祈るポーズをする。

「どうしてくれるのですか⁉　もしこれが明らかになったら王位継承戦どころではなくなるわ！」

王妃が頭を掻きむしりながら、乱れて叫ぶ。

「それなのですが王妃殿下」

錬金術師協会会長が王妃に進言する。

「何⁉」

「あのヴァイス・ランドリューが、豊穣祭会場で倒れました。全身に妙な斑点ができ突然倒れたと、聞き及びます」

「ヴァイス・ランドリュー？　密輸倉庫で暴れた男ね。数少ない朗報だわ。あの男も薬を服用したのですね。いい気味ですわ」

第二王妃がせせら笑う。

「そこで、この件をあの男に全て押し付けるというのはどうでしょう」

「……どういうことかしら？」

錬金術師協会会長の言葉に第二王妃が眉根を寄せた。

「あの男を斑点ができる奇病を持ち込んだ病原菌にしてしまえばいいのですよ。幸いなことにあの男に斑点ができるところを多数の市民が目撃し、接している。これから症状が出る患者も、今病状が出ているのも、全てあの男のせいにしましょう。そしてエデリー商会で売り出した薬は全て成分を変えてしまえばいい。国外に持ち出しが現段階で可能だったのはお茶のみです。それも人気で、品切れですからもうあまり残っていないでしょう」

錬金術師協会会長はそう言って後ろ手をくむ。

「国内にある薬については、全てわが錬金術師協会でもみ消します。市場に出回った分は放置しておいていい。すでに手配してあります。錬金術師シルヴィアもヴァイスの身内の発言ということで誰も聞く耳をもたぬ状態にしてしまえばいいだけです。私達ですら気づかなかったのですから、他国の錬金術師協会も分析しただけでは気づきません。いくらでももみ消せる。マリアが買い占めた西部の薬園も別のものをつくらせて証拠を隠滅します」

錬金術師協会会長は視線をマリアにうつす。

「ついでですから、ランドリュー家に我が国に奇病を広めたとして莫大な慰謝料を請求いたしましょう。そして王妃殿下はその奇病をいち早く発見し、病原菌を排除し、病気から国を守った英雄という筋書きをつくればいい」

そう言って錬金術師協会会長はにやりと笑った。

「旦那様は大丈夫なのでしょうか？　もう三日も目を覚ましませんが」

点滴を見ながらキールさんが心配そうにつぶやいた。キールさんの目の前には点滴に繋がれて眠っているヴァイス様がいる。

あれから、私の作ったポーションは成功して、ヴァイス様の病は完治した。だけど、あれは魔力に異常反応する防衛能力を正常に戻す薬であって、体力回復効果のある薬ではない。正常に戻ったことによるリバウンド効果で、一気に出た疲れの回復や、その他負担のかかっていた部分の魔力供給を正常に戻すために、身体が眠っている状態。呼吸も脈も正常。魔力数値さえ戻れば問題ないはず。

それにしても——まさかこの薬が市場に出回っていたなんて。

私はフリーマーケットで薬を塗ってくれた男の子が持っていた薬を見つめる。エデリー家の家紋の押された缶の中に入っている薬。ヴァイス様を治してから分析した結果、私と父が、東部の人間に使うのは危険として、扱いをやめた薬草の薬だった。当時まだ錬金術師の組合で発言権があった父が薬草の使用をやめさせたはずなのだけど、継母たちはその薬草の名前を別名で登録して使っていたのだ。父が、死ぬ原因になったともいえる薬草。この薬草の薬を試飲しているうちに父の病気は発症したのだ。——私と父の研究ノートを全てエデリー家においてきたばかりに悪用されてしまった。迂闊だった。リックスは私の作ったレシピを自分のものにしてしまう人だったけれど、そんな危険なものにまで手を出す人だとは思わなかった。ノートには危険だから駄目だと書いてあったはずなのに、なぜ治験もしないで薬を販売したのだろう？　キールさんの話ではかなりの数の薬がもう市場に出回っているらしい。もしかしたらヴァイス様と同じく病気を発症している人がいるかもしれない。錬金術師協会には至急エデリー商会の薬をやめるよう報告書は送ったが、とにかく、ヴァイス様を治したら調べないと。

「もしかしたら一週間くらい眠った状態になるかもしれないです。でも、体には異常ありませんから、あとは目を覚ますのを待つだけです。寝ている間はちゃんと体調管理しないと」

私がキールさんに言うと扉がノックされ、マーサさんが入ってくる。

「どうかしましたか？」

「それが錬金術師協会の方がシルヴィア様に会いたいと、門の所にきております」

その言葉に私とキールさんは顔を見合わせた。

「父の研究を詳しく聞きたい……ですか？」

錬金術師協会の人をキールさんが応接室に通してから話を聞くと、ここ最近謎の斑点ができる人が増えており、先に送った報告書の内容を詳しく聞きたいとのことだった。

「もう、斑点まで出ている人がいるのでしょうか？」

私が聞くと、錬金術師協会の人が頷いた。

「はい。貴族のご令嬢なのですが、腕にぼつぼつと複数できはじめております。その他にも多数」

「そんな……」

私は血の気が引くのを感じた。父が薬の研究で服用していても発症するまでかなり時間を要したから、たとえ毒があってももっと時間がかかると思っていた。だけれど、よく考えれば、ヴァイス様が塗り薬で一気に悪化したことから、あの薬草の成分は発症するまでにものすごく個人差があるのかもしれない。テーゼの花が開花時期でない今、治療法はない。

今すぐ、エデリー商会で売っている薬をやめさせないと、病気が蔓延してしまう。

「わかりました、症状別に対処法を書いた報告書を提出いたします」

「それなのですが、是非一度症状のある人を診ていただきたくて。錬金術師協会まできていただくことはできないでしょうか。できれば今からでも」

「……今からですか？」

私がキールさんを見ると、キールさんはにっこり笑って、錬金術師協会の人に席を立つように促した。

「原因は先に報告書でお伝えしてあるはずです。奥様の外出はお断りさせていただきます。私が旦那様に叱られてしまいますので」

キールさんが手をあげると、侍女の人が扉をあけた。

「さぁ、お帰りください。こちらも忙しいので」

錬金術師協会の人に告げるキールさんは笑顔だったけれど、その目は笑っていなかった。

「なぜ、あそこまで邪険にしたのでしょうか？」

錬金術師協会の人が帰ったあと、キールさんらしくない対応に私は不思議に思って聞いてみる。キールさんを信用していないわけじゃないけれど、できれば理由を知りたい。

「複数不審点があります。まず謎の奇病の治療法を調べている。それなのに街中で斑点ができたヴァイス様のことに何一つ触れてこなかった点です」

キールさんが私にお茶を差し出した。

「私達もヴァイス様の体調不良にばかり気をとられていて、どこまで噂になっているか、どれだけの情報が出回っているのかは、把握できていません。ですから、斑点については触れられず『倒れた』とだけ噂になっているのかもしれませんが、そのことにすら触れてこない。本当に治療法が知りたいなら、ヴァイス様がどのような状況で、どのような治療を施しているのか聞くはずです」

そう言ってティーポットをサービスワゴンにおいた。

「エデリー家の薬について何も聞いてこない点も怪しいです。まるで知っているといわんばかりの態度でした。この国の錬金術師協会と第二王妃との癒着を考えると、彼らがエデリー商会の指示で動いている可能性が高い。他にも気になることが数点。錬金術師協会にいくとしても旦那様の指示を仰いでからのほうがよろしいかと」

確かに、この街の錬金術師協会ならエデリー商会との繋がりは強いので、継母が裏で糸を引いている可能性がある。

「わかりました。ですが対処法などを書いた報告書は作成しておきます。継母と裏で繋がっていたとしても、薬害になりつつあるものを放置はしないでしょう。後で報告書を錬金術師協会へ届けていただけますか？　工房で作成してきます。ヴァイス様に何かあったらすぐ連絡をください」

私の言葉にキールさんがかしこまりましたと笑ってくれた。

確かにキールさんの言う通りだ。それに今外に出て、出ている間にヴァイス様に何かあったら対応できない。

それにしても、斑点までできてしまっているなら、もっと悪化している人もいるかもしれない。いまは特効薬が何もない状態。……なんとか酷いことになる前に止めないと。

それに……。私はチラリとヴァイス様の部屋の方向を見る。

みんなには大丈夫と言ってはみたけれど、ヴァイス様が目を覚まさないのはいい兆候じゃない。もしかしたら、薬を飲ませる前に脳まで硬質化が進んでしまって、脳の細胞が一度壊れてしまった可能性がある。

でもそれを言ってしまったら、現実になってしまう気がするし、みんなを不安にさせてしまうから言えないでいる。

大丈夫。ヴァイス様なら絶対目を覚ましてくれるはず。

だから、私はヴァイス様が起きるまで、できることをしておかないと。

パタン。

シルヴィアと別れてから、キールはヴァイスの部屋に戻る。

待機していた侍女に休むように伝え、ヴァイスのベッドの隣にある椅子に座り、情報屋に調査をしてもらうための事項をスラスラとメモ帳に書き出した。

ヴァイスの件で人員はほぼ屋敷に集中している。信頼できる人間はヴァイスとシルヴィアの護衛につけなければならず、動かせる人員がいない。

こちらで雇った人間は基本的に信用できず、怪しいものは解雇してしまったので、人手が常に不足している状態だ。

だが多少無理をしても今日の錬金術師協会を始め、外の情報は得る必要があるだろう。

ヴァイスのことが心配で他のことに手がまわっていなかった失態に、キールはため息をついた。情報を集めるためにヴァイスが懇意にしている情報屋に調査を頼む必要がある。

調査すべき内容を書き出していると、視線を感じた。キールが顔をあげると、キールのメモをうつろな目で黙って見ていたヴァイスと目が合った。

「だ、旦那様？」

まさか黙って自分の様子を観察していたとは思わず、キールは間の抜けた声をあげた。

「シルヴィアは招集に応じなかったと？」

錬金術師協会の応接室で会長が部下に問う。

「はい。どういたしましょうか」

部下の問いに、マリアと向かい合って座り報告を聞いていた会長がふむと思案する。

「あの女はあのエデリー家の血筋だ、殺すには惜しい。あの男を病原菌として始末する際に、巻き添えにならぬよう隔離しておきたいところだが」

「そうですよ。あの子は、治療法を研究していました。ランドリューは殺すにしても、シルヴィアはこちらの手のうちにいれておいたほうがいいでしょう」

会長の言葉にマリアも頷く。

ヴァイスの方は病気で動けないうちに捕らえて殺し、病死扱いにすればいい。

だがエデリー家の血を引くシルヴィアは錬金術師協会としては手元においておきたい。

「もっと強制力の強い方法で呼び出しなさい」

会長は部下に告げるのだった。

「ヴァイス様っ！」

マーサさんに目を覚ましたとの連絡をうけて、慌てて部屋に行くと、ヴァイス様が枕に背をあずけたまま座った状態でにっこり微笑んでくれた。

「心配をおかけしてすみません。マイレディ」

その笑顔がいつものヴァイス様で、私は泣きたくなる。

よかった、大丈夫だった！　本当は不安だった。すでに脳まで硬質化が進んで脳の細胞が壊れてしまっていて、そのまま目を覚まさないんじゃないかって。ここにきて一気に涙がこみあげてくる。

「ヴァイス様っ!!」

泣きながら抱きつくと、ヴァイス様が抱きしめてくれた。

「エデリー家の秘術に成功するとは流石マイレディ。私の命があるのも貴方のおかげです。ありがとうございます」

そう言って抱き寄せる力が少し強くなる。

「……怖かったでしょう？　つらい思いをさせて申し訳ありませんでした」

ヴァイス様が耳元でささやいて私の肩に顔を埋める。

「ヴァイス様」

何か言おうとして言葉に詰まる。言いたいことはいっぱいある。

本当は怖かった。失敗して死んじゃったらどうしようって。

でもヴァイス様がいたから、ヴァイス様が私に大事なことを思い出させてくれたから。

だから、頑張れた。後ろから背中を押して、見守ってくれていたのはヴァイス様で、全然怖くなかったと言いたいのに、出てきたのはぽろぽろとあふれる大粒の涙だけだった。

「ヴァイス様っ、ヴァイス様……っ」

涙でよく言えないまま、私も必死に抱きついた。

結局、しばらくお互い何も言えないままに、ただ抱きしめ合った。

「起きるのが遅くなって申し訳ありませんでした、夢があまりにも心地よかったもので」

しばらく私が泣いていてやっと嗚咽が収まった頃、ヴァイス様がぽつりとつぶやいた。

いつの間にか部屋には私とヴァイス様の二人になっている。

「夢……ですか？」

「はい、貴方と結婚式をあげる夢を見ていまして」

にっこり笑って言う、ヴァイス様の無邪気な笑顔に私は思わず口ごもる。

結婚という言葉にドギマギしてしまう。

「夢の貴方も美しかったですが……やはり本当の貴方の方が何十倍も美しいですね」

そう言って涙を手でぬぐってくれて、思わず耳たぶのほうまで熱くなってしまうのを感じた。

「ヴァ、ヴァイス様はこんな時でもお言葉が上手ですっ！」

恥ずかしくなって、ヴァイス様と身体を引き離すとヴァイス様がにっこり笑う。

「そうでしょうか。思ったことを正直に申し上げているだけなのですが」

「じゃ、じゃあ私も言います！　ヴァイス様は顔が綺麗で赤い瞳が美しくて、それから凄くかっこよくて、手も綺麗で、あと身長もすらりとしてかっこいいです‼」

私が負けじとヴァイス様のかっこよさを並べると、ヴァイス様は「褒めていただけて光栄です」とにっこり笑うだけで、逆に私の方がまた恥ずかしくなってしまう。

ニコニコと無邪気に浮かべる笑みにまたときめいてしまうのだ。

「も、もういいですっ……」

なんだか負けた気がして両手で真っ赤になってしまった顔を隠すと、ヴァイス様がふふっと笑う声が聞こえた。

「愛していますよ……マイレディ。貴方に再び会えたことを、いままでは世界の添えものでしかないと思っていた神に感謝しましょう」

そう言ってヴァイス様がおでこに軽いキスをしてくれた。

……ゴロン。

城の地下室で、転がった死刑囚の死体を見て、第二王子はため息をついた。

その物体を蹴とばすと、片付けておけと部下に告げる。

(……つまらない)

王位をとれと母は言うけれど、戦争のないこの世界で王位についたところで何になるのだろうと、王子は唾を吐く。

欲しいのは戦いによる高揚感と、生死をかけた戦いの緊張感。王位なんてこれっぽっちも興味がない。それなのに母は王位に固執する。

しかも、そこに第二王子にたいする愛があるわけではなく、第一王妃が気に入らないという理由だけだ。柔和で優しい性格の第一王子にたいするやっかみもあるだろう。

結局、第二王子は第二王妃の意地だけで王位につけられてしまう。自らの意思など関係なく。そしてそれに逆らえない自分自身にも苛立ちが募る。

そんなことを考えていると、階段から母の姿が見える。

「また、貴方はこんなことをしていたのですか⁉」

死体の散乱する地下室にくるなり、母である第二王妃が叫ぶ。

ああ、またうるさいのがきたと、第二王子が第二王妃を睨みつける。

「何用ですか母上」

「こんなことが知られたら、王位継承戦に不利になるからやめろと言ったはずですっ！」

ヒステリックに言う母に第二王子は苦笑いを浮かべた。

「だったら、王位など諦めたらいいのでは？」

イラつきながら第二王子が答えると、第二王妃はため息をついた。

「また貴方はそんなこと……ああ、なるほど誰かを切りたいという欲求がたまっているのですね。わかりました。ちょうどいい獲物がいるの。殺すならそちらにしなさい」

そう言って第二王妃はにやりと笑った。

「強制ということですか……」

屋敷の門の前にずらりと並んだ錬金術師協会の人と、キールさんが睨み合う。

キールさんが錬金術師協会の人が持ってきた書類を見て、質問した。

ヴァイス様が目を覚まして二十日たった。

ヴァイス様はやっぱりまだ本調子ではないみたいで、寝たり起きたりを繰り返していた。

そんな中、急に錬金術師協会の人達が私に強制命令の書状を持ってやってきたのだ。

「はい、これを断ればシルヴィア様は我が国においての錬金術師としての資格を失います」

書類を持ってきた錬金術師は言うと、チラリと私に視線をうつした。

錬金術師協会は、招集に応じない場合、ポーションなど錬金術で作った物を売るために必要な錬金術師の資格を、はく奪するという強硬手段をとってきたのである。

私はキールさんの後ろに隠れながら、黙ってその様子をうかがっていた。

キールさんは深いため息をついたあと「……わかりました。ですが、私も同行させていただきます」と、私の手を取る。

「ですが……」

「何か？　私が同行すると貴方達に都合の悪いことがあるとでも？　駄目だというのなら資格をはく奪されようが、彼女をそちらにお渡しすることはできません」

不満の声をあげる錬金術師協会の人の言葉をキールさんがばっさり遮る。

しばらく見つめあう錬金術師協会の人とキールさん。

「いえ、わかりました。行きましょう」

錬金術師協会の人が先に折れて、歩くように促した。

キールさんが私の隣に立ち、しっかりとガードしてくれるように手を添える。

……うん。怖いけれど大丈夫。

錬金術師協会にはきっと継母もサニアもいる。

でも平気。私はもう気弱な前の自分とは違う。この展開はすでにヴァイス様が予想していた範囲内だ。ヴァイス様はこういうことになるのをちゃんと予測していた。

そしてそれに対抗する策も用意してくれている。

ヴァイス様が私に命を託してくれたように、今度は私がヴァイス様を信じてヴァイス様に命を託す番だ。それにこれは……ヴァイス様の闘いじゃない。私の闘いだ。

さぁ、勇気をもって歩き出そう。ちゃんといままでの自分と向き合って、打ち勝ってみせる。その為にヴァイス様が用意してくれた決戦の場所なのだから。

「見て、お母さま、シルヴィアお姉さまが来たよ！」

錬金術師協会の屋敷の窓から、馬車をおりてきたシルヴィアを見ながら、サニアが無邪気に告げる。

（やっとあの生意気な小娘が戻ってきた）

マリアは心の中で毒づいた。今度は逃げられないように閉じ込めて、飼い殺しにすればいい。

戸籍上はヴァイスと一緒に病気で死んだことになるのだ。両親もいない、あれと懇意にしていた親戚も遠くへ追いやった。誰もシルヴィアを捜す者などいないだろう。

馬鹿娘サニアも今後は近づけないようにしておけばいい。

屋敷に残ったヴァイスも、第二王妃の放った刺客に襲われて死ぬことになるだろう。

全てはマリア達の計画通りなのだ。あとはあのシルヴィアを捕獲するだけ。マリアはにやりと笑った。

「ヴァイス様、どうやら敵が動き出したようです。屋敷の周りに高度な結界を張り始めました。外に騒動がバレないように防音の結界でしょう。すぐにでも襲ってくるはずです」

　屋敷の中からシルヴィアとキールが連れていかれる様子を見守っていたヴァイスに部下が報告してきた。

　屋敷をとりかこみ逃げられないようにと、結界を張り始めた騎士達をぼんやりと眺めながらヴァイスはコーヒーを飲む。

　シルヴィアと離れるのは不安ではあるが、キールがそばにいるので大丈夫だろう。

　何よりマリアとサニアを陥れるのをヴァイスが全てやってしまっては、シルヴィアのためにならない。彼女の手で決着をつけさせてあげて、自ら鎖を断ち切らないと意味がない。

　マリアとサニアを陥れるのはシルヴィア自身に任せよう。

　屋敷の外では第二王子率いる軍が、屋敷を取り囲みはじめている。

「いやはや、私のような一商人を殺すのに、王子様までおでましとは。これは面白い、楽しい展開になりました。さぁ、祭りのはじまりです。相手が泣き叫び許しを請うまで楽しもうじゃないですか。全員等しく地獄に堕としてさしあげましょう。私に喧嘩を売ったことをあの世で後悔させてさしあげます」

ヴァイスの言葉に部下がドン引きしているが、いつものことなので気にしない。

ヴァイスはコートから取り出したモルゲンシュテルンを両手に抱え、極悪な笑みを浮かべるのだった。

あまり気乗りのする任務ではなかった。

たかが一商人の屋敷に乗り込んで屋敷の者を捕らえるだけの簡単な作業。

そこの商人がそこそこ強いから、殺してこい。それが母である王妃の命令だった。

だが、目の前で繰り広げられる光景に第二王子の感想はかわる。

屋敷の門につくと、殺すべき商人が門の前で大きなモルゲンシュテルンを両手に抱えて待ち構えていた。

ニタニタとまるで挑発するかのように、笑いながら。

第二王子率いる黄昏の騎士団の、騎士団長が捕らえろと命令した途端——なぜか商人の屋敷の一部が大爆発し、破片が飛ぶ。もちろん第二王子が命をくだしたわけでも、騎士団長が手配したわけでもない。

思わず視線を男に向けると、男は優雅にお辞儀をした。

「すみません。こちらの爆発は貴方達の雇い主を断頭台に送るための仕込みなので、この戦闘には無関係。ですからお気になさらずに。ああ、もちろんこの屋敷を爆破した犯人は貴方達になるので、法外な修繕費を請求させていただく予定ですけれどね」

男はにたぁっと邪悪な笑みを浮かべる。その笑みに第二王子はぞっとした。

そして悟る。こいつは同種だと。

騎士団長が「ふざけるな！」と、叫んで槍の穂先に巨大な斧頭のある武器、ハルバードで突っ込むが、あっさり右手に持っていたモルゲンシュテルンで武器を叩き壊され、左手のモルゲンシュテルンの一撃に騎士団長の身体が吹っ飛んだ。血を吐きながら騎士団長の身体が宙を舞い、地面に落ちる。

「さぁ、楽しい祭りをはじめようではありませんかっ！」

男が赤い瞳に喜びをたたえ言った一言。それが合図だった。

言葉とともに男の一方的な蹂躙がはじまった。

ある騎士は構えた瞬間。また別の騎士は構える暇もなく、モルゲンシュテルンで鎧部分をぶん殴られ、逃げようとしたものは背後から背に思いっきりモルゲンシュテルンを叩きつけられ、次々と戦闘不能になっていく。

その様子に第二王子は歓喜の笑みを浮かべた。

（この男強い――）

モルゲンシュテルンで容赦なく笑いながら殴り掛かる様に、一部の騎士が恐怖のあまり逃げ出すが、その騎士を逃がすことなく、武器で叩き飛ばす。

何もわからない者から見れば一方的に虐殺をしているように見える。

だが――恐ろしいのはこの男、誰一人殺していないということだ。

甲冑部分を狙っているというのもあるが、この男は殴り掛かる瞬間、こともあろうに殴る部分だけに防御結界を張っている。敵をわざわざ自らの魔法で守っているのである。そのおかげで、盛大に殴られ大ダメージをくらって死んだように見えるが、実際は致命傷を与えないで相手を気絶させているのだ。

説明すれば簡単なように聞こえるが、一瞬でピンポイントに魔法結界を張りつつ、攻撃の手を緩めない。それができるのはかなりの魔法の使い手に限られるだろう。

攻撃に集中しつつ、魔法を展開する。並大抵の使い手ではない。

「王子、撤退してください!!」

商人の強さに慄いた護衛達が叫ぶが、王子は護衛を無視して嬉しそうにハルバードを手に取った。

「ほう、逃げないで戦うおつもりですか。何もしないで棒立ちしている臆病者ゆえ、部下を見捨てて逃げるのかと思いましたが、思ったよりは気概があるようですね」

黒髪の商人の男が自らについた返り血を舐めながら言う。

「商人、貴様面白いな。何もかもでたらめだ」

第二王子が嬉しそうに笑った。

「でたらめですか？」

「ああ、お前は嘘で塗り固めている。俺が見抜けないとでも思っているのか。そのモルゲンシュテルンはフェイクで、実際は魔法使いだ。重く凶悪な大きさのモルゲンシュテルンを使うことによって武闘派と思わせているだけだろう？　その身体能力も魔力によるものだ、お前の周りに魔力が見える。攻撃する瞬間体に魔力をまとわせて体を強化しているのが、丸わかりだ。それに、兵士も誰一人殺していない。攻撃する前に、相手に防御結界を張って致命傷を避けている。この俺にばれないと思っているのか？」

にんまり笑いながら王子が言うと、商人は眉をぴくりとあげた。

「……ほぅ」

そう言って男は体に魔力をまとわせモルゲンシュテルンを構える。

「俺にその手が通じると思ったら大間違いだ！」

商人が振り上げてきたモルゲンシュテルンをハルバードで受け止めると薙ぎ払い、もう片方の飛んできたモルゲンシュテルンは籠手で受け止める。

「……籠手を魔力で強化……貴方も魔法結界の使い手ですか」

モルゲンシュテルンに力を入れながら商人がつぶやいた。

「お前だけの専売特許だと思うなよ」

王子も目元を緩めた。

その言葉に商人は、後ろに飛んで王子と距離をとった。

「面白い。貴方のように戦いを知ったかのように思いあがった人間こそ、一番潰しがいがある。そのプライドをズタズタにして、恐怖に慄く顔を見せていただきましょう」

「貴様の攻撃などこちらは見切……」

王子が言った瞬間。身体が飛んでいた。何が起こったのかわからず王子は目を白黒させる。モルゲンシュテルンで吹き飛ばされたと悟った時にはすでに地に打ち付けられていた。見えぬ速さで商人に攻撃されていたのだ。モルゲンシュテルンを構えたまま、商人が笑う。

「のんびりおしゃべり中に攻撃されるとは、なんとも間抜けな。魔力の軌道が見える。だから私が体に魔力をまとわせなかったため、攻撃してこないと思ったのでしょう？」

王子は慌てて、体をおこす。

「魔術師とまで見破ったのはなかなか見事ですが、戦士と見せかけて実は魔術師……と見せかけた戦士だとは考えなかったのですか？　貴方は愚かにも魔力が見えることを自らペラペラしゃべってしまった」

　商人の男がニマニマしながら、モルゲンシュテルンを引きずりながらやってくる。

「この男は魔術師で魔力をまとわなければ攻撃できない。その思い込みが貴方の敗因です。魔力をまとわない素の方が強いなど考えもしなかった。思い込みとはいかに愚かで浅はかでしょう。その見えている魔力にこそ騙されているとも知らず、自慢気に話す。自らを強者と勘違いした者ほど欺きやすい証拠。さぁ、さぁ、まさかそんな一撃で心折れたわけではないでしょう？」

　言いながら、落ちたハルバードを王子の前に蹴り飛ばした。

　からんと、第二王子の前にハルバードが落ちる。

　慌てて、王子が手を伸ばすが、そのハルバードを商人は踏みつけた。

　王子が恨めしそうに顔をあげると、商人はにぃっと笑う。

「戦いにおいて何が真実で何が嘘か。それを見極められぬものは死あるのみです。手の内を語る時点で、貴方はまだまだ頭のおめでたい、お子様なのですよ。貴方自身には恨みはなにもありません。ですがなかなか素行がよろしくないようですし、第二王妃が貴方を王位になど、望めぬように心をへし折ってあげましょう。玉座になど座れぬようにズタズタに」

　そう言いながら、商人は王子を守ろうと飛び掛かってきた護衛騎士をモルゲンシュテルンで薙ぎ払い、悪魔のような笑みを浮かべるのだった。

「あーはっはっはっは！　これですよ！　やはりこうでなくては！　泣き叫んで、逃げて、命乞いをしてくださいっ!!」

　はたから見ると、悪者にしか見えないセリフを吐きながらモルゲンシュテルンをぶんぶん振り回して王子達を蹂躙しているヴァイスを見て、ヴァイスの部下テックはため息をついた。

　最初は威勢のよかった王子もいまでは涙目になりながらヴァイスから逃げ惑っている。

　襲撃者達はヴァイスにいいように弄ばれ、阿鼻叫喚の地獄絵図が広がっていた。

　大体この状況になったら止めるのはキールの役目なのだが、今日はキールがシルヴィアに付き添って、いないため、突っ込み不在で誰一人止めるものがいない。

（明日の朝ごはん何にしよう……）

　ヴァイスの部下テックもどうしていいかわからず、現実逃避をはじめるのだった。

「錬金術師協会会長。この国に紫色の斑点や、シミ、ぼつぼつなどの肌の異常が流行している原因は、エデリー商会の薬やお茶に使われている西部の薬草です。そして、その薬は使っていくうちに、肌が硬質化し、最後には人間の臓器まで硬質化させて死にいたります。ですから、国の薬を管理すべき錬金術師協会は、いますぐエデリー商会の商品の販売をやめ、流通している商品の回収に回るべきです。……それがわかっていて、なぜエデリー商会のマリア様とサニア様がここにいるのですか？」

私の問いに、錬金術師協会会長と、継母のマリアとサニアがにやりと笑った。

錬金術師協会に呼ばれたあと、私とキールさんは、錬金術師協会の人々に対処法を説明していた。どういった症状でどのような処置をするのか、そして魔素免疫の活性化を収める抑制剤の作り方を教えたのだ。

説明が終わって、お礼をしたいと会長室に呼び出され、ソファに座って待っていたら、現れたのが会長とマリアとサニアだったのである。

「エデリー商会の者と私が一緒な時点で察しはつくのではないかね？　君達にはそのことを黙っていてもらおうと思ってね」

会長がにやにやした顔をして言ってくる。

「つまり、錬金術師協会の会長である貴方と、硬質化の原因である薬を売っているエデリー商会の代表が手を組んで、証拠を隠滅しようとしている、ということですね？」

私の質問に継母がにやりと笑った。

「そういうことよ。この病気はあの憎きヴァイス・ランドリューが持ち込んだことにして、うちの薬のせいではなかったことにする予定なの」

「さんざん邪魔してくれたもん。病原菌にされるなんていい気味」

サニアも笑う。

「貴方達は本気で言っているのですかっ!? わが商家・ランドリュー商会のヴァイス様を病の原因にするなど、そんな戯言が通るわけがない！　今出回っている薬を分析すれば、すぐにばれる嘘だ！」

キールさんが怒鳴り気味に、継母に抗議した。

「今ある薬はこの国でしか出回っていないし、すでに無害な薬に配合をかえてあるわ。今手元にある薬を使って具合の悪い者は全てランドリューの病気のせい。死んでも全部あの男のせいにしておくだけ」

継母の言葉に私は思わず、拳を握る。

「――それは、今出回っている害のある薬を放置したままにして、死者が出ても全てヴァイス様のせいにして終わりにするつもりということですか？　これから被害者が出るのを知っていて放置すると、本気でおっしゃっているのですかっ？」

思わず叫んで聞き返す。継母達は、斑点の理由をヴァイス様のせいにするつもりだろうとは、ヴァイス様に聞いていた。

――でも、まさか自分達の罪を隠すために、今出回っている分を放置して、病人が出るのを容認するほど酷いとは思っていなかった。私はくやしくて、三人を睨みつける。

「それは君次第だよ。シルヴィア」

今度は会長がにっこり笑って言う。

「どういうことですか？」

「君が治療薬を開発してくれれば、それでいいんだ。皆治る」

「治療薬はすぐできるわけじゃない。私が開発できなければ皆死んでしまいます。そんなことが許されるわけがないじゃないですかっ！　それに、そんな理不尽なこと、ヴァイス様が許すわけがない！」

私が、会長を怒鳴りつけると、会長はにやりと笑った。

「許すも、許さないも、もうあの男はこの世にいないだろう？」

何事もなかったかのように私とキールさんの前のソファに座る。

「……どういうことですか？」

私が聞くと、会長はふふと笑う。

「もうあの男は死んでいる。手の者が殺したはずだ。今頃死体で転がっているのではないかね？」

「まさか！　西部三地区の屋敷にいる、旦那様に手をかけたということですか⁉」

　キールさんが身を乗り出した。

「そういうことだ。そして君もその対象だということだ」

　会長が言った途端。「ヴォンッ！」と音が聞こえて、キールさんが苦悶の声をあげた。

「え⁉」

　私が後ろを見ると、そこには杖を持った錬金術師の人がいて、魔法を放ったあとだった。

「キールさんっ！」

　私が慌ててキールさんを支えると、背中に魔法の直撃をうけたのか、血がどくどくとあふれている。キールさんは苦悶の表情のまま何か宝石をかみ砕いた。とたん私とキールさんの周りに透明なガラスのようなバリアができ上がる。

「キールさんを魔法で背後から攻撃するなんて卑怯です！　凄い血ですっ、このままでは死んでしまう！」

「ほう、防御結界魔法か」

　私の抗議など無視して会長が面白そうに笑う。

「無駄なあがきだわ。その結界宝石は持って一時間じゃない。私達から逃げられると思っているの？」

　私の前にあるバリアを触りながら継母が笑う。

「お姉さまもこうなりたくないでしょ？　言うことを聞いたほうがいいわよ」

かわいく首をかしげるサニア。

そんな中、キールさんは力なく、その場に倒れた。

「さぁ、その男もそう長くないわ。シルヴィア。貴方は私の下に戻ってくるの。また一緒に仲良くやりましょう」

継母がいつもの笑みを浮かべた。

そう――昔はこの笑みに逆らえなかった。怖くて怖くて仕方なかった。

絶対的な存在で逆らったらいけないと思っていた。

でも――今は全然怖くない。

ヴァイス様を守ると誓ったあの時、私の中にあった何かが晴れたのだと実感する。

もう大丈夫。私はこの人の言うことを聞く必要なんてない。

なんで私はこんな人に怯えていたのだろう。あまりにも小物すぎて、逆に滑稽に見えてくる。冷静に物事を見られるようになった私にとってはこの人は軽蔑すべき対象だ。

「断ります」

私がきっぱり言うと、継母が笑う。

「あら、その男を殺してもいいの？　そのままじゃ死ぬわよ」

ぐったりしたキールさんを見ながら言う。

「今度はキールさんを人質に脅しですか？　自分達の利益のためには、人の命を何とも思わない、貴方達らしい」

私は継母とサニア、会長を睨みつける。

「何とでも言うがいい。君は従うしかないのだよ」

会長は倒れているキールさんをまるで気に留めることなくお茶を飲み始めた。

「こんなこと、国が許すわけがありません！　きっと国王陛下はじめ、騎士団が動き出しますっ！」

私が力強く反論すると、継母とサニアがにぃっと笑う。

「あら、じゃあ、失望させてあげる。国は動かないわ——だって、第二王妃殿下が私達の後ろ盾ですもの」

その言葉に私は顔をこわばらせた。

「——まさか。第二王妃殿下も貴方達の味方だと？」

私の問いに会長がにやりと笑い——。

「そういうことだ。大人しく従いたまえ、シルヴィア・エデリー」

と言い放つ。

自慢気に言い放つ継母と会長の言葉を聞いて、私は思わず笑ってしまう。

彼らはきっと勝った気でいるのだろう。でも勝ったのは私達だ。

思ったとたん――。

「会長っ！　大変です、外に抗議の民衆が集まりはじめています。そしてこの部屋の会話が、どういうわけか街中に流れているみたいですぅぅぅぅぅ!!」

錬金術師協会の事務員が慌てて部屋に飛びこんできた。

おそらく、キールさんが途中で邪魔されないようにと、この部屋に他の人が入れないように封じていた結界を解いたのだろう。

そう、言質はとった。あとは貴方達が裁かれる番だ。事件の全てを知った国中の人達に。

私は何事もなかったかのように平然と立ち上がったキールさんと、勝利を喜ぶようにぱんっと互いの手を合わせた。

「名演技でしたよ。素晴らしかったです。マイレディ」

あたふたしている会長と継母とサニアをおいて、キールさんの煙幕で部屋から抜け出すと、錬金術師協会の屋上でヴァイス様が待っていてくれた。

「ヴァイス様っ！」

私が抱きつくと、そのまま受け止めてくれる。

「大丈夫でしたか？　怖くありませんでしたか？」

「はい。キールさんがいてくれました」

私が振り返ると、無傷のキールさんがにっこり笑う。キールさんの背中の傷は幻術で見せていただけなので、キールさん自身は防御結界で傷一つない。

「それに、ヴァイス様がきてくれると信じていました」

私が言うとヴァイス様が嬉しそうに笑ってくれて、そのまま私を抱き上げた。

「ヴァ、ヴァイス様!?」

「ここにいると、放送で会話を聞いていた民衆の私刑の巻き添えになってしまいますから、行きましょう」

その言葉とともに、なぜかふわっとした感覚に包まれて、ヴァイス様のコートも下からきた風に舞い上がった。

「しっかりつかまっていてくださいね。マイレディ」

そう言っておでこにキスをしてくれて、屋上から私を抱いたまま飛び降りた。


「ヴァイス・ランドリューか……」

言いながら金髪の二十代くらいの美青年、この国の第一王子がため息をついた。

目の前には、防御結界の中で震えあがりながら、第一王子率いる白銀の騎士団に助けを求める錬金術師協会会長とマリア、サニアの姿があった。だが彼らのいる防御結界は激怒した市民達に卵や野次をなげつけられ、酷いありさまだ。棒や包丁で防御結界を破ろうとしている民衆までいる。結界がなかったら確実にぼこぼこにされ、死んでいてもおかしくない。抗議する民衆の中にはシミが酷くなっているものもいるので、彼らの怒りはもっともだ。下手に近づくと、民衆の憎悪が白銀の騎士達にも向かいかねないため、手を出せず、落ち着くまで遠巻きに見ていることしかできない。

結界の中にいる錬金術師や会長、マリア、サニアには恐怖の時間でしかないだろう。

時は放送が流れる前に遡る。

第一王子が西部三地区の屋敷が破壊されている、テロではないかという報告の下、屋敷に駆け付けると、第二王子とその部下が倒れていた。

街の住人達も不安そうに集まって騒然としていたところに、いきなり、錬金術師協会で行われた、協会長と、マリア、サニア、そしてシルヴィアとキールの会話がどこからともなく流れはじめたのだ。おそらく、遠隔で会話を聞くことのできる魔道具が街のいたるところに設置してあったのだろう。

流行をはじめていた謎の斑点病。

豊穣祭でいきなり全身に斑点ができて倒れたというランドリューの噂。

そして西部三地区の屋敷の破壊と、第二王子の部隊の謎の全滅。ヴァイスを陥れようと錬金術師協会が大げさに脚色したヴァイスの斑点病の噂が、皮肉にも事態をより大きくした。謎の奇病という恐怖の中、遠隔装置から流れてきた会話は、住人達の憎悪を掻き立てるには十分だった。

第一王子が何かする暇などなく、あっという間に制御できぬ暴徒になって、錬金術師協会に向かってしまったのである。

遠隔で会話を送ることのできる魔道具は市民が手に入れられる金額ではない。

この世界は魔道具があって便利に思えるが、便利な魔道具はほぼ、遺跡から発掘されたものや、高価な材料が必要で市民が手に入れられる金額ではないのだ。

街中のいたるところで流せる量の魔道具を揃えるとしたら、貴族でも難しい。

できるのはごく一部の金持ち。それゆえこの騒動の首謀者はヴァイス・ランドリューだろう。

第一王子の立場としては、街で暴徒を煽ったとして罪に問わないといけないが、そんなことをしてしまえば、「お前達も真実をもみ消して薬害を広めようとしているのか⁉」と、住人達の敵愾心が王家に向きかねない。すでに市民達の間では、ランドリューは権力者がもみ消そうとした真実をさらけ出してくれた英雄扱いだ。しかも首謀者の中に王家の者、第二王妃がいる。動き方を間違えた途端、国民の不満は王家に向いてしまうだろう。それゆえ、ランドリューの罪を問うことは誰一人できない。

おそらくそれさえも、ランドリューの計算のうちなのだろう。

住人達の噂もランドリューが導いた形跡が見て取れる。

昔、他国で職についた学友に『ヴァイス・ランドリューという商人、あれにだけは手をだすな。たとえ味方にならなくても、絶対敵対だけはするな。何かあった場合、味方になれないなら、絶対中立を貫け。敵側だけには回るな』と震えながら忠告を受けたことがあった。

その時は『大げさな』と、聞き流したが、その意味が、やっと分かった気がする。

ヴァイス・ランドリュー。彼には手を出してはいけない。彼の罪は不問とし、その他の者を裁くべきだろう。

第二王妃もすでに身柄は確保している。

第二王妃、協会長、マリア、サニアを市中引き回しの上、断頭台にあげ公開処刑にして民衆の怒りを鎮めるほかない。

問題は、もう彼らの処遇ではなく、広がりつつある薬害の騒動を収めることだ。

錬金術師協会会長はシルヴィア・エデリーに治療薬を作らせようとしていた。

ということは、彼女にはこの薬害についての知識があるのだろう。

彼女の助力を請うことが重要だ。

「至急シルヴィア・エデリーについて調べてくれ」

第一王子はため息をつきながら、部下に命令するのだった。

……まだだ。まだ僕は終わってない。

リックスはシルヴィアの抑制剤のレシピを大事に抱えて、歩いていた。

密輸倉庫での一件の後、サニアの元夫が逮捕されていては体裁が悪いとマリアがリックスを保釈するために、多額の賠償金を払った。そのため警察から保釈されたのだが、そのあとすぐにマリアとサニアの悪行を自白した放送が流れ、薬害を広めた主犯として広まってしまった。

暴徒と化した民衆があの二人に向かっていってしまったので、もうエデリー家はおしまいだろう。離婚されたのはかえって幸いだったかもしれない。

確かにあの西部の薬のレシピが書いてあったノートに、薬害の恐れがあるから使用禁止とは書いてあった。だが、少し肌が荒れる程度でまさかあそこまで酷い薬害になるとはリックスも思っていなかった。けれど、この状況はチャンスでもある。

あの放送が流れた後、シルヴィアの父とシルヴィアが肌の硬質化を防ぐ薬を研究していたのを思い出したのだ。そのためシルヴィアの父の倉庫にまた忍び込み、薬害の症状を止める抑制剤の薬のレシピを倉庫から探して持ってきた。抑制剤のレシピを特許申請してしまえば、しばらくは儲かるはずなのだ。

特許を申請しておけば金が入る。

リックスはいつものように神殿へ特許を申請するために受付へ向かった。神殿で抑制剤の特許を申請した途端――。

「リックスだな。ご同行願おうか」

警察に取り囲まれる。

「な!?」

驚きの声をあげるリックス。

「貴方ならここにくると思っていました」

後ろから声が聞こえ、そちらを向くと、そこに立っていたのはシルヴィアだった。

「シルヴィア、何故ここに？　だいたい、僕がなにをしたっていうんだ!!」

警察に腕を掴まれて、リックスが叫ぶと、シルヴィアは悲しそうに笑った。

「リックス、貴方は私が開発し、エデリー家で商品化した魔道具の特許を全て貴方名義でとっていましたよね？　インクの特許を申請に行ったとき知りました」

シルヴィアの言葉にリックスはたじろいだ。警察やその場に居合わせた者の視線が痛いほど突き刺さる。

「その特許の中で、なぜか貴方が知るはずのない、私が学生時代に開発した魔道具まで申請されていたため気がつきました。貴方が、私と父と親戚しか知らない三人共同名義のレシピの保管場所だった離れの倉庫から、私の書いた資料を勝手に持ち出していたことに。父が生前使っていましたがほぼ荷物置き場だったため、私も父の死後、存在を忘れていた倉庫です。あの建物は他国にいる父の親族にも半分名義がありますから、いくら継母でも勝手に名義は移せません。名義を確認しましたが、私と親戚の共同名義のままです。貴方は他人が所有する建物に不法侵入し、私のレシピを盗んでいた」

「そ、それは夫婦なんだから、かまわないだろう⁉」

「もう夫婦ではないはずです。そして今、貴方が申請したレシピは貴方と離婚後、離れの倉庫にキールさんに頼んで、私が書いて置いておいたもの。何故貴方が、そのレシピを持っているのでしょう？」

シルヴィアがまっすぐとリックスを見つめ告げる。

「そ、それは……」

「私のものを奪って当然の貴方だから、薬害の件が広まれば、必ず私のレシピを使おうとする。だから抑制剤のレシピと偽った王宮魔術師の回復薬のレシピを置いておいたのです。少し見れば抑制剤のレシピではないことはわかるはず。それすら確認もしないで特許申請するなんて……貴方は本当に錬金術師としてのプライドも実力もなかったのですね」

シルヴィアの言葉にリックスの顔が青くなる。

王宮魔術師の薬のレシピは皆が平等に使えるようにと開発されたもので、特許をとろうとすることは、国の法律で禁止されている。特許申請した時点で、他人のレシピを盗むことと同じであり、重罪だ。

「ま、待ってくれ！　僕は知らなかったんだ！　僕じゃない、あいつが、抑制剤と偽ってレシピを書いたあいつが悪いんだっ！」

警察にリックスが詰め寄る。

「――そのレシピ自体は、フリーで誰でも使用可能のものです。それを書いたシルヴィア様は罪に問われることはないですよ。悪いことをしているわけじゃないんですから。そもそも他人のレシピを特許申請などと、よくそんな恥ずかしいことができますね」

若い警官がリックスに言い返す。周りの警官達もリックスを侮蔑の目で見ていた。

その様子にリックスはがくんと膝をついた。

シルヴィアから奪うのが当たり前すぎて、何故気づかなかったのだろう。本来他人の技術を盗むということは、恥ずかしいことだということをやっと自覚する。そして警官や受付の神官達から向けられる冷ややかな視線にリックスは頭を抱える。

「レシピを盗むのが当たり前すぎて、忘れていたのかもしれませんが――。貴方のしたことはそういうことですよ、リックス」

シルヴィアの言葉にリックスは絶叫をあげるのだった。

「これで本当に終わりですね」

警察に連れていかれるリックスを見送りながら私が言うと、隠れていたヴァイス様が、ひょいっと私の隣に立ってくれた。

「はい。敵を容赦なく罠にはめる姿は素敵でしたよマイレディ」

ヴァイス様が笑ってくれる。

そう、リックスなら、薬害が広まっていると知ったらきっと特許を申請すると思っていた。彼にとってはそれが当たり前のことだったから。それがいかに恥ずかしいことか、リックスが理解してくれたら嬉しいけれど、彼のことだから私を恨むだけで終わるかもしれない。

「敵を容赦なく罠にはめるところはランドリュー家の名に恥じぬ行為だと思います。流石ランドリュー家の夫人になるお方」

キールさんが薄目でヴァイス様の言葉にうなずいた。

「それは誉めているのでしょうか？」

ヴァイス様がにっこりとキールさんに顔を近づけると、キールさんが「それはもちろん！」と大げさに祈りのポーズをする。

「それはよかった。では、そろそろ帰りましょうか」

ヴァイス様が私に手を差し出してくれて、私はその手を受け取った。そうすると笑ってくれて、そのまま私は抱き上げられる。

「それではいきましょう！」

ヴァイス様の魔法の言葉とともに身体がふわっと宙を舞った。

「……テンション高くやりすぎて、また体調崩すとかアホなんですか、アホなんですね」

事件後。シルヴィアを連れて、壊れた屋敷とはまた別に用意した屋敷に戻った途端、ヴァイスはそのまま高熱で倒れてしまった。大急ぎでベッドに運ばれ、看病されることになってしまったのである。

「わ、私としたことが迂闊でした。体力を半分残しておくはずが……」

本来なら魔力で体を動かして体力をセーブするはずだったのに、第二王子がそこそこできたせいで、久しぶりの獲物にはしゃいでしまった。

テンション高く第二王子をいたぶった結果、終わった後体力を使い果たして、結局熱を出してしまったのだ。シルヴィアも心配してしまい、今は前の屋敷の工房から持ってきた荷物を整理して点滴の準備を護衛とともにしている。

「おかしいです……この程度の運動で力を使い果たすとは……。もっと彼女に愛を伝える予定だったのに……」

死にそうな顔をして言うヴァイス。キールはヴァイスがベッドから逃げられないように結界を張りはじめた。

「もう病人は大人しく寝ていてくださいっ！　うっとうしいっ！」

「……貴方は最近、私への扱いが雑になっていませんか」

キールの様子を見ながらヴァイスがうめく。

「反省がないからです。何回倒れているんですか。薬中毒だったときと同じだけの体力があるわけないでしょう!?　罰として仕事もしばらく禁止ですっ!!」

睨みながら言うキール。

「……それは別の意味で死にます」

真っ青になりながらヴァイスは再びうめくのだった。

「それにしてもよかったですね。奥様。全部終わって」

ヴァイス様の薬を用意しながらマーサさんがけたけた笑いながら言ってくれた。

「はい。皆さんのおかげですね。マーサさんもいろいろありがとうございました」

私もマーサさんに笑う。ヴァイス様の病気も治ったし、嫌がらせしてきた継母もサニアもあのまま捕まって処罰をうけるだろう。リックスも逮捕された。私に関する大きな問題はほぼ終わったといってもいい。けれど、まだこの国に蔓延してしまった薬の被害は心配だ。

斑点ができている人も一過性のもので、薬やお茶の使用をやめれば治る人も多いだろう。だから、協会での会話を街中に流したのだ。

もちろん継母達を陥れるためでもあったけれど、あの方法はどちらかといえば、薬が危ないと皆に知らせる意味合いが強かった。

効いていた薬をいきなり、危ないからやめろと言っても、一定数信じず使い続ける人もいるし、そもそも危ないという情報を知らぬまま過ごしてしまう人もいる。情報をどうやって伝達するかの問題もある。これだけ大騒ぎになればみんなに知れ渡り、すぐ服用をやめてくれるだろう。

荒療治だったことは承知のうえだけれど、完璧な治療薬が存在しない今、仕方ない。

そして問題なのは——かなり病状が進行してしまっている人だ。

まだヴァイス様ほど進んでいる人はいないとは思う。だから症状を抑制剤で抑えつつ、特効薬の材料のテーゼの花が咲くまで待つしか方法がない。

治すのは無理でもテーゼの花が咲くまで抑えることならできるはず。

頑張らなきゃ。私はヴァイス様用の点滴をまとめて持ち立ち上がった。

「第一王子自らシルヴィア様に会いたいと書状が届いております」

新しい屋敷のヴァイス様の寝室で、キールさんが王印のついた書状を私に見せてくれた。

「まぁ、そうなるでしょうね」

寝たまま、頭を押さえてヴァイス様が言う。

「王子様がですか!?」

「第二王妃が薬害に絡んでいた以上、王家は全力で薬害を解決しなければなりませんからね。薬害を解決したいという点では……マイレディの利害とは一致しています。貴方にこだわりがないのなら、第一王子の力を借りるのはいいことでしょう。……ですが」

「ですが……？」

「貴方の力を知った時、必ず王族は貴方を囲い込みにかかるでしょう。貴方の実力を他国に逃すのは惜しいと。その時どうするかです」

そう言ってヴァイス様が私に視線をうつす。

「また無理やり、閉じ込められるということでしょうか？」

「いいえ、そこまではしないでしょう」

ヴァイス様が首を横に振る。

「ですね。今回の件であちらも旦那様がいままでやってきたことを調べたでしょう。それを知ったうえでそんなことをするのは単なる馬鹿です」

キールさんがうんうん頷きながら言う。

「どんなことをなさったのでしょう？」

私が疑問に思って聞くと、なぜか一斉に視線をそらされた。

……うん。ちょっとだけわかった気がする。

「い、いいえ、マイレディに隠し事をする気はないのですが……やったことが多すぎてどれから話せばいいのか」

指を交差させながら言い訳するヴァイス様。

「ま、まぁ、今回、そこは論点ではありませんので！　第一王子が、シルヴィア様に好条件をだして、他国に行くのはやめて、残ってほしいと提示してきたときのシルヴィア様の意思を確認しておこうと！　そういうことですよね！　旦那様！」

キールさんが露骨に話題をそらした。

「あ、はい。そういうわけでして。貴方を国に留めようと、現在国が没収しているエデリー家の利権の返却、錬金術師としての好待遇などの条件を提示してくることが予想できます。もし国がそのような提案をしてきたときの貴方の意思を確認させていただきたいのです」

ヴァイス様が私を見つめる。

「この国に……ですか」

私は考える。確かに私はエデリー家を守れなかった。

でも、もうあそこには父の時代にいた人達は誰一人いない。

給与が高すぎると追い出されてしまったから……。

何をもって家とするのか、もともとエデリー家の血筋として、錬金術師を綺麗さっぱりやめるつもりはない。他の場所でだってできるはず。それにエデリー家の祖はもともとこの国の出身ではないから、この国でなければいけない理由もない。

……それに。

私はチラリとヴァイス様を見る。

ヴァイス様と一緒にいたい。彼と離れた国で暮らすのはやっぱり嫌。

「私は、ヴァイス様と一緒にいたいです。この国に愛着がないといえば嘘になりますが、薬害の件がいち段落したら、ヴァイス様とご一緒したいです」

「ほ、本当ですか⁉」

ヴァイス様が嬉しそうに、ベッドから起き上がって私を抱き上げてくれた。

「ヴァ、ヴァイス様⁉」

「よかったです。国に残りたいと言われたらどうしようかと！　本当にありがとうございますっ‼」

私を嬉しそうに抱いてくるくる回りだす。端整な顔立ちにあどけない笑みを浮かべて頬を染めるその顔が可愛くて私まで嬉しくなってしまう。

「好きですよ。マイレディ。愛しています」

そう言って、私をとんとおろすと、おでこにキスをしてくれた。

「はい、私もお慕いしています」

私もヴァイス様の頬にキスを落とす。

そしたらヴァイス様にびっくりした顔をされてしまって、私は思わず固まった。

「め、め、迷惑でしたか？」

「いえ……その、もの凄く嬉しいです」

ヴァイス様は頬を押さえて耳たぶまで真っ赤になってしまった。

そのまま固まってしまって。私が手を振ってみても反応がない。

身体が凄く熱くなってしまっているのを感じて、私は慌てる。

「ヴァイス様そろそろベッドに」

私がヴァイス様をベッドに戻そうとする。

「キス一つで熱がぶりかえすとか、アホですか⁉」

キールさんにベッドに押さえ込まれるのだった。

「貴方が返信の書簡と同封してくださった資料はとても、素晴らしかった。治療法や病の進行度の測定方法。これらのおかげで、かなりの者を治療できました。私個人としましても王家としましても感謝しております」
ヴァイス様に相談された日から数日後。王子の方からヴァイス様の屋敷にきてくれた。
私はお屋敷の応接室で、王子とその護衛の人と対面していた。私の後ろにはキールさんがいてくれる状態。ヴァイス様はキールさんに「旦那様が表にでると絶対ろくでもないことになるので大人しくしてください」とベッドに縛り付けられていた。マーサさんにも

「奥様が絡むと何をするかわからないから、その方がいいね」と言われてしまい、結局ヴァイス様は体調がよくないという理由で、この場にはいない。

二人で挨拶を終え、二、三会話を交わした後、私も座っていいとのことで、お言葉に甘えて席についた。そして以前提出した書類にたいしてお礼を言われてしまい、私は恥ずかしくなる。

「い、いいえ、もとはといえばエデリー商会の代表がしたことですから……」

「それを言うなら、王族とて同じです。第二王妃を放置してしまった結果、ああなってしまいました。心よりお詫び申し上げます」

王子が優雅に笑う。あふれ出る気品に王族は凄いなと見惚れてしまう。

ヴァイス様の時もそうだったけど、空気が違うというかなんというか。

私もヴァイス様の奥様になるのだからランドリュー商会の会長夫人としてこういう上品さを身に付けないと。

「それでは、本題に入らせていただきます。市民の方は、貴方が王書と一緒に返送くださった資料を参考にさせていただき、療養と抑制剤を使用しました。これでほとんどの者が良い方向に向かっています。ですが、彼らは塗り薬などの短期摂取で、長期摂取ではないのが幸いしていたと思います。ですが、貴族の令嬢や婦人のなかに重度の者が複数います」

「貴族の方が……ですか？」

「はい。最初に出されたエデリー商会のお茶を好んで飲み、シミができ、その酷いシミを治そうとして別のエデリー商会の化粧品に手をだし……を繰り返して悪化したようです。化粧で隠したり、シミのせいで部屋に引きこもったりで、発覚が遅くなりました。貴方の教えてくださった魔素と魔力測定をしてみた結果、数値的にかなり悪化している部類だと思います」

王子は書類を差し出した。

そこには女性のものらしき名前と年齢・身長とともに魔素と魔力測定の数値も事細かに記載されている。確かにかなり数値がよくない。抑制剤を毎日飲み続けないとテーゼの花の開花までに間に合いそうにない数値の人までいる。

「市民の方は、指示通りの軽い抑制剤の薬を毎日飲むことでシミが消えたため、騒動はかなり収まりました。感謝いたします。ですが、貴族の方から娘や妻を貴方に見てほしいという嘆願が殺到している状態でして。もしご迷惑でなければ一度診ていただくことはできないでしょうか？」

その言葉に私はキールさんと目を合わせた。

こうなるだろうとヴァイス様に説明は受けていた。

『治せるなら、できれば治したい気持ちはあります……でも、貴族に関わるということは、また面倒事に巻き込まれてしまって、ヴァイス様達にご迷惑をかけてしまうかもしれません』

数日前私がヴァイス様にどうしたいか聞かれて答えた言葉。

それでもヴァイス様は微笑んでくれた。

『貴方のことで迷惑なことなどありませんよ。救えるかもしれない命を見捨ててふさぎ込んでいる貴方を見るほうがつらいです。私は貴方を守れないほど甲斐性がないように見えますか？』

『そ、そんなことはないです！』

私が首を横に振って返事をすると、ヴァイス様は私の頬に手を添えて、額にキスをしてくれる。その手、唇の感触に顔が真っ赤になっていくのが自分でもわかった。

『貴方の好きなようにしてください。今まで自由にできなかった分の自由を謳歌するだけの権利が貴方にはあるはずです。自惚れでなく、私は貴方にそれを贈ることのできる力があると自負しています』

ヴァイス様は笑って私を送り出してくれた。

だから、その言葉に甘えよう。

「はい、それではその方達の診察をさせてください」

……やっぱり治せるのが私だけの今、見捨てることはできないもの。

私の言葉に王子は嬉しそうに微笑んでくれた。

「最近の私の扱いが納得できません」

ヴァイスは第一王子との話し合いに出席できなかったことが不満だったらしく、枕にしがみついてキールに文句を言い不貞腐れる。

「……もし、目の前で第一王子が彼女の手の甲に接吻をしたら耐えられたのですか？」

キールが薄目でヴァイスを見る。

「そんなことをしたら、これですね！」

ヴァイスが嬉々としてモルゲンシュテルンを二つ取り出した。

「そういうところですっ！　それに、旦那様にとって奥様が最大の弱点と知れ渡るのは望ましくありません。もう少し奥様に対する免疫をつけて、正常に行動できるようにしてからでないと。大体なんですか、接吻一つで固まるなんて」

「……仕方ないでしょう⁉　恋というものは往々にして空を流れる星のごとく神秘に満ち、大地からあふれ出る神流のごとくまばゆく尊きもの。それに抗うには自然の摂理と法則を全て凌駕する力が必要なのですから！」

　モルゲンシュテルンを持ちながら謎ポーズをとるヴァイス。

「なんですか、その謎ポエムと謎ポーズやめていただけませんか。旦那様がやるとより一層気色悪いです」

　キールが注いでいたお茶を思わずどぼどぼとこぼしながら言う。

「免疫と言われましても、彼女は抑制剤の研究で忙しそうですし、邪魔するわけにもいきません。仕方ないじゃないですか」

　ヴァイスがぼすんっとベッドに寝そべりながら、愚痴る。

「……それがわかりません。今なら国を脅して奥様の出国を早めることも可能ではないですか。国に戻り、安全な屋敷でいくらでもイチャイチャできるのに、何故それをしないのですか？」

「私が束縛を望むとでも？」

　キールの問いにヴァイスが答えた。

「イチャイチャしたいのでしょう？」

「……したいです」

　そう言いながら、ヴァイスが赤くなった顔を手で覆う。

「なら、国に戻って安全な場所で……」

「ですがそれとこれとは話が別でしょう」

キールが言いかけた言葉を遮って、ヴァイスは天井を見上げる。

そう、ヴァイスが魅かれたのは仕事を誇りに思いプライドを持ったあの強い瞳。

もし彼女からそれを取り上げて、愛でたとしても、彼女のあの強い瞳は光を失ってしまうかもしれない。それでは意味がないのだ。

彼女のあの強い意志を守りつつ、愛したい。そして——願うことなら愛されたい。

「恋とは本当に面倒なものですね」

ヴァイスがため息交じりに愚痴を言う。

「その割にはお顔が嬉しそうですが」

自分でこぼしたお茶を優雅に拭きながらキールが答えた。

「……これは……」

私は手の半分が硬質化してしまった女性を見て口ごもる。

ヴァイス様や父の時ほどではないけれど、これはこれでかなり酷い状態だ。

あの後、一番酷い患者から見ていこうということになり、最初に診ることになったのが公爵家の御令嬢だった。

金髪で、健康な状態ならとってもかわいらしいであろう十代前半の女の子。

顔にぼつぼつができており、左手の半分が硬質化してしまい、苦しそうにはぁはぁと肩で息をしている。

「娘は助かりますでしょうか？」

金髪の気品のある顔立ちの公爵が私に聞いてくる。

「体調が悪いのは硬質化とは無関係です。ですがこのまま放置しておけば危ないのは確かだと思います。テーゼの花が咲けば、王室から頂ける話になっていますから、特効薬が作れます。それまで硬質化の進行を止めないといけません」

私の言葉に今度は少女の母である公爵夫人が祈るように、「できることならなんでもします！　娘を助けてください！」と涙ながらに縋る。

私は微笑みながら「はい。必ず」と安心させるように公爵夫人の手をとった。


「思った以上に酷いですね」

貴族の令嬢や婦人の様子を診察した帰りの馬車。一緒に診て回ったキールさんに言われて、私は頷いた。正直、ここまで皆進んでいるとは思わなかった。何人かは本当に、臓器の硬質化がはじまらないように祈るしかない状況だ。強めの抑制剤を置いてきたので、すぐにどうこうなるわけではないけれど、テーゼの花が咲くまで持つか持たないかは五分五分で、あまりいい状況とはいえない。

……でも、ヴァイス様の時と状況が大きく違うことがある。

それは私がエデリー家の秘術を使えるようになっていることだ。

ヴァイス様の薬を作るとき不思議な声を聞いてから、熟成の錬金術を一回も失敗したことがない。これなら他の秘術も使えるかもしれない。

そして私には他の秘術に繋がる、ある場所に心当たりがあった。

「キールさん、一つお願いがあるのですがよろしいですか？」

「はい？　私にできることなら何なりと」

「国に没収されたエデリー家の私財の持ち出しの許可を、申請していただきたいのです」

私の言葉にキールさんが「はい、それくらいなら簡単でしょう。旦那様に頼めば可能かと思います。早速手配いたしましょう」と笑ってくれた。

「ここがエデリー家。貴方の御実家ですか」

ヴァイス様が私の手をひいて、私の家の中にエスコートしてくれた。

王子に許可をいただいて、私達はエデリー家への立ち入りが許されたのである。

つい最近まで継母達が住んでいたので、家の中はまだ綺麗だ。

でも、私の知っていた頃の面影はあまりない。継母とサニアの趣味に改装してしまっていて、なんとなく別の家に感じてしまう。

私は庭に飾られている豪華な装飾に、よく揃えたなと、苦笑いを浮かべた。

いまは暴徒が家の中を荒らさないようにと国の管理下におかれているため兵の数も多い。

継母の財産は全て国に没収される。この家ももう国の所有物だ。久しぶりの我が家なのに、兵士達が物々しく見張っている姿に胸が締め付けられるが、問題はそこじゃない。

「はい、でも、もう私と父の住んでいた時の面影はありませんが」

そう言って、家の中にヴァイス様とキールさんを案内する。

「ここにエデリー家の秘術が記されたものがあるのでしょうか？　しかしそのような貴重なものをあの女が残しておくでしょうか？」

キールさんがきょろきょろ見回した。

「たぶん。大丈夫だと思います。私以外にはただの壁にしか見えませんから」

私は二人を案内しながら、父が生きていた頃、錬金術の研究でよく父と二人で使っていた地下室にいくと、地下室の壁の石のレンガの一つにそっと手をあてた。

「……これです」

私が言うと、ヴァイス様とキールさんが顔を見合わせた。たぶん二人にはただのレンガにしか見えないと思う。

でも、違う。ここに祖先の残した秘術がある。

私もよくわからないけれど、なぜかあるという確信を持てる。

「たぶん、魔力を入れたらゲートが開くと思います」

「それはエデリー家に伝わるものなのでしょうか？」

「はい。遠い祖先が残した記憶がここに眠っていると思います」

私は頷いた。

「……先ほどからの貴方の言葉、確証がないように聞こえますが。貴方もはじめてなのでしょうか？」

ヴァイス様が言う。

「……私もよくわからないんです」

「よくわからない？」

「ヴァイス様の薬を作るときに声が聞こえました。その時このレンガのことも自然に頭の中に入ってきたというか……なぜか知っていて……うまく説明できなくてすみません」

私の言葉にキールさんがうーんと考えるポーズをとった。

「それって信用しても大丈夫なのでしょうか？」

「た、たぶん。この声がなかったら、熟成の錬金術も成功してなかったと思いますから。声の主に悪意はないとは思うのですが……。そうですね、もしかしたら危険かもしれないです。すみません」

私は言う。正直そこまで考えてなかった。確かにキールさんが言うように怪しいはずなのに、私はここにくるまでなぜかここは安全だと思い込んでいた。なんでだろう？

私の答えにヴァイス様が子どものような笑みを浮かべた。

「面白いではありませんか。力を試す前に私にも見せていただけますか」

ヴァイス様が呪文を唱えはじめる。するとレンガに文字が浮かび上がった。

「これは……」

驚く私とキールさん。

「なるほど、なるほど。古代魔術ですね。取り扱いが難しかったため現在ではあまり使われなくなった魔術形式です。レンガに刻まれたというよりも、伝えたい相手――おそらく、エデリー家の秘術を使えるようになった者の、ゆかりの場所に現れるように魔法が刻まれています。このレンガにエデリー家の魔力を注ぎ込むと、過去の記憶が見えるようです」

無邪気な笑みを浮かべてヴァイス様が観察している。

「過去の記憶……ですか？」

「はい。ですが今のままでは私とキールは見ることはできませんので、私にも見えるように少々書き直しさせていただきましょう」

「ヴァイス様はそんなことまでできるのですか？」

私がびっくりして聞くと、ウィンクして「古代魔術は昔勉強しました。紳士の嗜みです」と笑ってくれた。なんだか本当に凄い。勉強したとしても、ここまでできるものなのかな？　古代魔術は専門分野外なのでよくわからない。

「って私は仲間はずれですか？」

キールさんが少し不貞腐れたように、ヴァイス様に抗議する。

「記憶の海を漂っている間の身体の保護をお願いします。それではよろしくお願いいたしますマイレディ」

そう言って手をつないでくれて、私は笑顔のヴァイス様に頷いた。

レンガに魔力を注ぎ込むと——見えたのは祖先の記憶だった。

エデリー家の始祖はレルテーゼの女神から祝福を受けた錬金術師だった。

彼女はレルテーゼの女神の加護ゆえに誰もできない錬金術で奇跡をおこし、周りの人達に慕われていった。けれど彼女が結婚し、夫と子を大事にしはじめた頃からおかしくなった。いままで親しくしていた人達になぜその力を使わないのだ、力を使えと、責められるようになってしまったのである。

そして権力者に子どもを誘拐され、力を使えと脅されて、その過程で誘拐された子どもと子を守ろうとした夫が殺されてしまう。

結局エデリー家の始祖は本来の名を捨てエデリーと名を変え別大陸に逃げ込み現在の大

陸に居つき、その力を限定的にしか使わなくなった。

今、ここに伝わる秘術もごく一部の限定的なもので本来あった全ての力ではない。

それでも、その限定的な力でも、また悲劇がおきてしまう場合がある。

エデリー家の秘術を継ぐものは、必ずエデリー家の始祖の悲劇を見てから知識を継ぐ。

その力に驕らぬように。その力をむやみに使わぬように。

その力は——必ずしも正しいと思い込まないように。

エデリー家の始祖の知識を見て、私はぺたりとその場に座り込んだ。

知識と錬金術の力は継いだ。女神レルテーゼの祝福を受けた者のみが女神の力を借りて使えるエデリー家の錬金術。

けれど、それ以上に彼女の悲劇が悲しすぎて、私は涙があふれて止まらなかった。

自分を慕っていてくれた人達が力を使えと迫ってきて、最後には助けた国に裏切られ愛する人を殺される。その失意と絶望が直接自分の出来事のように思え、私は目をつぶる。

「大丈夫ですか、マイレディ」

ヴァイス様が私に手を差し伸べてくれて、私はそのままその手をとってしっかり握る。

「……はい。大丈夫です」

にっこり笑ってみるけれど、どうしてもうまく笑えなくて、ヴァイス様に抱きしめられた。ヴァイス様を失ってしまったかのような、よくわからない感覚が怖くて、ヴァイス様に必死に抱きついた。

「死なないでください、ヴァイス様、嫌です、死んだら嫌っ‼」

言葉があふれて、涙も止まらない。

あれは始祖の記憶、私のものじゃない。ヴァイス様も死なないし、私に子どもなんていない。

頭ではわかっているのに気持ちが追いつかない。

「ええ、大丈夫ですよ。あれは始祖の記憶の断片であって、貴方におこった出来事ではありません。ですから心配しないでください。私は死にませんし、貴方に危害を加える人もいません」

そう言って背中をさすってくれるヴァイス様の手は、温かくて大きかった。

「……いつもありがとうございます」

そう言って治療中の公爵令嬢の女の子が微笑んでくれたのは治療を始めてから四日目だった。

この子が一番酷くて、抑制剤の力を強める必要があるためデータ採取にきていた。

あの記憶を見てからも、治療方法は変わっていない。

確かに私は始祖が残してくれたエデリー家の秘術の一部を手に入れた。

始祖が、残しても大丈夫と判断したもの。それでも今の人類が使うにはあまりにも影響力が大きすぎるもの。結局その秘術を封じたまま、今までと同じ抑制剤での治療を続けている。

「当然のことをしているまでです。早く良くなってくださいね」

私がにっこり笑って言うと、少女も笑った。

「はい。もし治ったら、私も先生みたいなお医者さんになりたいです」

「お医者さんですか？」

「もう結婚は無理ですから。顔に酷い斑点ができてから婚約を解消されてしまいました。その時は絶望しかありませんでしたけど、今になって思えばよかったなって思います」

微笑む令嬢の顔は負け惜しみというよりも本当に嬉しそうに見えた。

「よかった……ですか？」

「公爵令嬢として生まれた以上、家のための駒にすぎず、家のために結婚しないといけないと思っていました。それが義務だと。けれど、もし助かったら結婚などに囚われないで、自分のやりたいことをしていいと父と母が言ってくれたんです。……もちろん、本当に助かったらそういうわけにもいかないのは承知の上です。でも父と母がそう言ってくれただけで嬉しかった。だから頑張って治さないと」

笑う姿がはかなげで、私は思わず泣きそうになるのをぐっと堪えた。

治す側が泣いては駄目。いつだって勇気づけて元気づけて治るって言ってあげないと。

「そうですね。テーゼの花さえ咲けば、薬が作れてその痣も綺麗に取れます。そしたらやりたいことをやりたいだけやって、思いっきり相手を見返してあげましょう？」

私が言うと、少女は凄く嬉しそうに微笑んでくれた。

「今日はお暇ですか、マイレディ」

新しいお屋敷の私用に用意された部屋でカルテを見てぼーっとしていたらヴァイス様に話しかけられて、はっとする。

「ヴァイス様」

私はヴァイス様に振り返った。

「おや、お取り込み中でしたか？」

「い、いえ、大丈夫です」

私は慌ててカルテを隠す。カルテはあの公爵家の少女のカルテ。

……彼女はかなり病状がよくない。抑制剤もだんだん効かなくなってきていて心配である。けれど治す方法がない。……そう、エデリー家の禁じられた秘術を使わないと治せない。

でも、大事な夫と子どもを殺されてしまったエデリーの始祖の記憶が、私に秘術を使うなと警告している。使ったら……ヴァイス様を失ってしまうのではないかという恐怖で、使えないでいる。

「それならよかった、今日はデートにお付き合いいただけませんか？　最近、貴方も私も忙しくて朝食くらいしかご一緒できませんでしたから」

ヴァイス様が手を差し出してくれて、私はその手をとった。笑顔はまるで子どものように無邪気で、その笑顔が可愛くてそのたび胸が苦しくなる。

この笑顔を失いたくない。

普段は、彫刻のように美しい顔立ちに表情をまるで出さないのに、私にだけは本当に子どものような無邪気な表情を見せてくれる。強くて冷静なのに、情けない姿を見せてくれるのも凄く嬉しい。

「ヴァイス様」

「はい。なんでしょう？」

「ヴァイス様のことが大好きです」

私が言うと、ヴァイス様が笑って「嬉しいです。私もですよ。愛しています」と手の甲にキスをしてくれた。

その笑顔が本当に愛しくて、私は心が締め付けられた。

そう——私は間違ってない。力を使っちゃ駄目だ。

あの力を使ったら、きっと私の力を欲しがる人が出てきてしまう。

ヴァイス様が敵わないような人達が私の力を欲した時、ヴァイス様が殺されてしまうかもしれない。だから封じよう。他の人に使うべきじゃない。私が決意を固めていると、ヴァイス様が急に私を抱き上げた。

「ヴァ、ヴァイス様？」

「駄目だったでしょうか？　せっかくご一緒できる時間ですから、私は一分一秒でも長く貴方と触れ合っていたいのですが」

耳元で甘くささやく。その声が甘すぎて、もう困る。

「で、でも重いですっ！」

「ははっ。全然重くありませんよ。むしろもう少し食べたほうがいいくらいです。少しやせてしまったように感じます」

ヴァイス様がウィンクしてくれて、どうしていいものか私は迷う。ヴァイス様だって病み上がりで無理をしてないか心配になってしまうから。

「でも、病み上がりですよ？　またキールさんに怒られてしまいます」

「おや、それは残念。では馬車に乗るまでということで我慢しておきましょう」

茶化しながらヴァイス様は嬉しそうに歩き出した。

「ここは？」

ヴァイス様が案内してくれたのは街が一望できる綺麗な丘の上だった。

沈みゆく夕日に照らされた街並みが見える場所。

「はい、なかなか見晴らしがいいでしょう？」

「この街には長年住んでいましたが、ここは知りませんでした」

ヴァイス様の言葉に私は頷いた。

「それはよかったです。では」

ヴァイス様が急に私を抱きかかえ、崖から一歩足を踏み出した。

え⁉

「ヴァイス様！　落ちますっ⁉」

私は慌ててヴァイス様にしがみつく。

「大丈夫ですよ」

ヴァイス様が空に足を踏み出し、何事もなかったかのように空中を歩き出す。

「……え？　どうして？」

私が空とヴァイス様の顔を交互に見る。ヴァイス様は私ににっこり笑った。

「私は魔法使いですから」

「魔法使いは空も歩けるのでしょうか？」

私が不思議に思って聞くと、ヴァイス様はニコニコする。

「はい。可能です。この魔法はマイレディ専用ですが」

ヴァイス様が言いながらすたすたと空を自由に歩いていて、街の景色が眼下に見えて、とても幻想的な光景になっている。

「……私専用?」

「貴方の願いならどんな手段を使っても叶えてみせましょう。マイレディの願いが世界の全てを手に入れたいだったとしても」

笑いながら言うヴァイス様の言葉に、私も笑った。

冗談なのだろうけれど、ヴァイス様ならできてしまいそうな気もする。

「そういうわけですので」

言いながら私を空におろす。

ええええええ!?

「大丈夫ですよ。実のところ種も仕掛けもありますから」

言われてみると、確かに足は普通につく。まるでガラスを踏んでいるような感覚。

「す、凄いです」

「怖くはありませんか?」

「え、はい。たぶん。でもどこまで歩いていいのか……」

くるりと振り返るけれど、もう地面から大分離れてしまっている。

「どこまででも大丈夫ですよ。愛の魔法ですから」

「愛の魔法？」

「貴方の夢なら全て叶えることのできる、私の魔法です」

そう言って私の手を取ると、少し薄暗くなった下の街に一斉にパァァァァと明かりがともる。それが下にあるガラスか何かが光を反射して綺麗で幻想的な雰囲気をかもしだす。

「綺麗」

「一曲踊っていただけますか。マイレディ」

その言葉とともに、一体いつからいたのかキールさんがヴァイオリンを弾き始めた。

「この曲は確か……」

「豊穣祭の続きですね」

そう、キールさんが演奏してくれたのはヴァイス様と踊れなかった二曲目の曲。

にっこり笑いながらヴァイス様が私の手をとってステップを踏んで私をリードしてくれる。ヴァイス様につられて私もステップを踏み出して二人で踊る。

淡い光と暗闇とで、夢の中にいるのではないかと錯覚してしまう。

ヴァイス様と一緒にこうして踊れるのが嬉しくて自然と笑みがこぼれた。

「まるでおとぎ話の中みたいです」

踊りながら私が言うと、ヴァイス様が笑ってくれた。

「マイレディ」

「はい？」

「先ほどの言葉ですが、決して嘘ではありません。私は貴方が望むならその全てを貴方に捧げましょう。……だから決して恐れないでください」

「え？」

「迷っているのではありませんか？　エデリー家の力を使うことを」

「……それは……」

私が口ごもると、ヴァイス様は私を引き寄せる。

「もし国が貴方の力を欲して、貴方や私に害をなすというのなら、私はそれ以上の力をもってねじ伏せましょう。たとえそれで全ての国を敵に回したとしても。決して貴方の邪魔をさせはしません」

「でも」

「信じていただけませんか？」

綺麗な赤い瞳でじっと見つめてくるヴァイス様。

「……ヴァイス様はなんでもお見通しなんですね」

私が悩んでいるのを知っていて、こうやって後押ししてくれることも。

何をしたくて悩んでいるのかも見透かしてしまっていて、本当に凄いと思う。

「そんなことはありませんよ」

そう言って私の手をとるとヴァイス様の左胸にあてた。

心なしかヴァイス様の心臓の鼓動が感じられる気がする。

「ヴァイス様？」

「自分でもこの胸の高鳴りの意味がわかりません。恋とは誠に不可解で興味深い。貴方を心から欲しているのに、貴方に嫌われたくなくて、全てを悟った紳士のふりをしてしまう。今すぐその唇を奪いたいと切望しているのに、嫌がられたらどうしようと、できないでいる」

そう言って、私の頬に手を添えた。

「正直申し上げまして、自分でも自分がよくわかりません。今まで欲しいものは何でも、手に入れてきたつもりです。回りくどいことをして、他人から奪うその過程すら楽しみながら。でも貴方を相手にするとそれができない。駆け引きも、策謀も、貴方を前にすると真っ白になってしまう。言葉ではうまく表せないのですが、……きっと心から愛おしいというのはこういう気持ちなのだと思います」

凄く嬉しそうに微笑むヴァイス様の瞳に思わず見惚れてしまう。私の頬に添えられた手に私も手を添えた。

「好きです。大好き、愛していますヴァイス様」

「はい。私もです。言葉では言い表せないほど愛していますマイレディ」

そう言って、ヴァイス様ははじめて唇にキスをしてくれた。

ヴァイオリンの音を聞きながら、幻想的な景色の中で。


「昨夜まではなんともなかったのです、朝急に苦しみだして」

ヴァイス様とダンスを踊ったその次の日。公爵令嬢の容態が急変してしまった。

早朝知らせにきた早馬の知らせで、公爵邸に駆け付けると、苦しそうにもがく公爵令嬢の隣で公爵夫人が私に訴える。

「見たところ体の斑点は増えていない。でも数値は凄く悪くなっている。……もしかして見えないところまで転移してしまった？」

「……せん、せ……いき……くる……し」

縋るように少女が私に手を伸ばす。

ああ、何をやっていたんだろう。私は何もしてあげていなかった。

結局転移を防ぐことなんてできなかったんだ。

『もし国が貴方の力を欲して、貴方や私に害をなすというのなら、私はそれ以上の力をもってねじ伏せましょう。たとえそれで全ての国を敵に回したとしても。決して貴方の邪魔をさせはしません』

昨日のヴァイス様の言葉が蘇る。

そう、もう使うしかない。迷っていては駄目。エデリー家の秘術を使わなきゃこの子の未来が途絶えてしまう。治ったら好きなことをやると笑っていた、彼女の笑顔を思い出し、涙があふれそうになる。そうだ、はじめから見殺しになんかできるわけがなかったんだ。

まだ幼い彼女の命を、未来をこんなところで終わらせるわけにはいかない。

──私はこの子の夢をかなえてあげたい。

だから、信じよう。ヴァイス様の言葉を。ヴァイス様の力を。ヴァイス様ならきっと何とかしてくれる。

エデリー家の錬金術の秘術の中には植物の育成を促す秘術も含まれていた。

もしこの力を私が持っていると知られてしまえば、皆その力を欲するだろう。この国だけでなく、いろいろな国が。

それでも、ここで使わないとこの子が死んでしまう。

「キールさん！　ヴァイス様に連絡……！」

私がキールさんに振り返ると、なぜかキールさんのいた場所にヴァイス様が立っていて、にっこり笑っている。まさか公爵邸にいるとは思わずびっくりしてしまう。

「ヴァ、ヴァイス様⁉」

「テーゼの花が必要なのでしょう？　さぁ、時間もないようですし、行きましょう」

耳元で甘くささやいて、私を抱きかかえる。

たぶん、一緒に記憶を見たヴァイス様は、知っていたのだろう。私がこの国の王家の保管するテーゼの花の育成を促進したかったことを。そして、だからこそ後ろから背を押してくれていた。テーゼの花は王族が管理する場所でしか育たない。だから王族の目の前で力を使うことを余儀なくされる。

テーゼの花を手に入れるということは、同時に王族に錬金術の秘術を見せなければいけなくなるということだ。

「……この力を使ったらきっと迷惑をかけてしまうにちがいありません」

「貴方のことで迷惑なんてことはありませんよ。それに」

「それに？」

「力は下手に隠すより、大々的に使った方が守れることもありますから。もし、この国が貴方を無理に囲い込もうとするのなら、他国に利益をちらつかせて、独占させないように互いが互いにけん制するように仕向ければいいだけの話。もしもの時のための準備は整っていますから、私を信じてください、マイレディ」

そう言ってウィンクしてくれて、私はその言葉に頷いた。

大丈夫。ヴァイス様がいてくれるから、始祖のような悲劇にはならないはず。

「マイレディ。私は貴方の力を存分に羽ばたかせる力を持っている。自惚れでもなく、希望でもなく、確信をもって保証しましょう」

まるで心を見透かしたかのように、ヴァイス様が言ってくれる。

「はい。頼りにしています。ヴァイス様」

私も笑って答えた。

ヴァイス様ならきっといい方向に導いてくれて、私の力もきっと有効活用してくれるはず。いつも価値を見出して、新しい発想で役立ててくれたように。

だから、私は彼女を治すことに全力を尽くさなきゃ。

私がヴァイス様に強く抱きつくと、ヴァイス様は笑って、颯爽と公爵邸の高い窓から飛び降りた。

テーゼの花。この花は特別な花でゴルダール地方もしくはこの国の温室でしか育たない。特別な魔力が必要になるためだ。種が不足しているわけではなく、育つ場所が特殊な花。

その花が――王室の温室でシルヴィアの力によって本来育つ速度ではない速さで育っていく。通常なら一年という年月の必要なその花がたった一瞬で、エデリー家の錬金術で芽吹き花開いたのだ。

シルヴィアが何か唱えたと思ったら光があたりをつつみ、種が芽吹き開花した。その幻想的な光景に第一王子は目を見開いた。

「信じられない……」

(シルヴィアの力を手に入れられれば国の繁栄も夢じゃない。何故今までこの力を放置していた?)

温室一面に咲いたテーゼの花に第一王子は息を呑み……そこで背筋を凍らせる。そして背筋が凍った理由がすぐにわかった。後ろにいるヴァイスからの威圧だ。

『ヴァイス・ランドリューという商人、あれにだけは手をだすな。たとえ味方にならなくても、絶対敵対だけはするな。何かあった場合、味方になれないなら、絶対中立を貫け。敵側だけには回るな』

友の言葉が思い出される。ヴァイスが本拠地にしている国は大国だ。大国故、古い商家と貴族達が癒着しているため、新たな商家は力を得る前に叩き潰される。

その大国で、たった一代で小さかった商家を五本の指に入るほどの規模に広げ、他国まで勢力を広めた、ヴァイス・ランドリューの手腕。

この事実を馬鹿にしてはいけない。そしてその勢力を広める間に、彼はライバルの商家どころか貴族まで、排除し、のし上がってきた。合法と非合法のスレスレの技を駆使して。

（状況を見誤るな。私の長所は状況を分析する力だ。彼の手にかかれば小国の王子など簡単にひねり潰されるだろう。彼はいたるところの主要な流通網を押さえている。下手をすれば国ごと潰されてもおかしくない。目先の利益に飛びついて叩き潰されるよりは、ここは彼と彼女に恩を売っておいたほうが賢明だ）

第一王子はにこやかに笑う。

「育成能力ですか。なんとも素晴らしいです！」

シルヴィアが咲いたテーゼの花を嬉しそうに見ている中、第一王子は拍手をした。シルヴィアが恐る恐る第一王子の方に振り返る。

「ご安心ください、まだこの力は世に公表していないのでしょう？　私からこの力を公表することはありませんので。ここにいる者にも口止めしておきます。貴方がたの望み通りにいたしましょう。これでも私は状況を読む力だけはあるつもりですので」

そう言って第一王子はヴァイスに振り返る。

「そうでしょう？　ランドリュー殿」

王子がにこやかに言うと、ヴァイスもシルクハットをとって丁寧なお辞儀をし「賢明な判断に感謝いたします。王太子殿下」と、営業スマイルを浮かべるのだった。

……よかった。

私はテーゼの花を前に、安堵のため息をついた。

あの後、第一王子にお願いしてテーゼの花を分けてもらうことになった。

私はテーゼの花がこの国で唯一育つ王宮の温室で錬金術の秘術を使った。

植物の生長を促進する錬金術。女神レルテーゼの力を分けてもらい成功する秘術。

術を発動すると、優しい光に包まれて、温かい優しい声とともに力が体の底から沸き上がり——芽すらでていなかった、テーゼの花が咲き乱れた。

力を見た王子の反応が怖かったけれど、錬金術師協会会長のように私を捕らえて無理やり働かせようという結論にはならなかったようで、私は安堵する。

もちろん内心はわからないけれど、ヴァイス様がいるからきっと平気なはず。

あとはテーゼの花から薬の魔力を抽出し、薬を作製するだけ。

私は少女の顔を思い浮かべて心に誓う。待っていてね、今すぐ治してあげるから。

もう、力を使うことを迷わない。大丈夫。私は始祖のようになったりしない。

だって、私にはヴァイス様がいてくれるから——。

私は嬉しくなって、テーゼの花を抱きしめて、ヴァイス様の方に振り向くと、ヴァイス様も凄く嬉しそうに笑って、手を差し出してくれた。私がその手をとると跪いて手の甲にキスをしてくれた。

「まるで女神かと見間違えました。綺麗でしたよマイレディ」

「ヴァイス様のおかげです」

私はそう言って、ヴァイス様に抱きついた。

「何故、不機嫌なのですか？」

シルヴィアが王城から戻り、錬金術でテーゼの花の薬を作っている間、ヴァイスは執務室で不機嫌そうにコーヒーを飲んでいた。

「いえ、第一王子は冷静な判断を下しました。私に逆らわない方向でいくようです」

「喜ばしいことじゃないですか。まぁ、ヴァイス様のことですから暴れたかったのでしょうが」

キールはシルヴィアの部屋に運ぶお茶に添えるレモンをナイフで丁寧に切り分ける。

「人を何だと思っているのか一度じっくり話し合う必要がありますね。……まぁ、彼の状況を判断する能力は悪くないですね。利用する方向でいいかもしれません」

　ヴァイスはコーヒーを飲み干すのだった。

「その話は本当か」

　謁見の間で国王は部下に聞き返した。白髪の威厳のありそうな老齢の男性だ。

　そこには第一王子に同行していた庭師の姿と、それを連れた銀髪の中年貴族の姿がある。

「はい。どうやら、あのシルヴィアというエデリー家の錬金術師は植物の育成を促進する能力があるようです。第一王子の前でテーゼの花を開花させたと」

「なぜそのような、重要なことをあれは黙っていた⁉」

　国王が身を乗り出して問う。

「第一王子は薬害の陣頭指揮をとり国民の支持を得ています……もしかしたら」

　国王の隣の文官が口ごもった。

「その女を手に入れて、私に逆らうつもりか？」

「その可能性もあります」

　国王の問いに庭師を連れた銀髪の貴族が頷いた。

「許さぬ！　その女を今すぐ連れて来い!!」

「それは流石にどうかと。彼女もまた薬害を収めたと国民の人望があつく、無理やり国が召し抱えたとなれば暴動がおきるかもしれません」

「ではどうすればいいのだ！」

「シルヴィアの元夫を利用いたしましょう」

庭師を連れた銀髪の貴族はにんまりと笑うのだった。

運が回ってきた。

国王の謁見を終え、庭師を連れて貴族は内心ほくそ笑んだ。庭師からテーゼの花の開花について聞いたのは本当に偶然だった。庭師が酒に酔って犬に独り言のように話しかけてしまったところにたまたま居合わせたのだ。

支持していた第二王子は完璧に失脚し、第一王子が王座についてしまっては、自分の派閥は真っ先に不遇の扱いをうけてしまう。第一王子をなんとか排し、まだ成人しておらず後ろ盾のない第三王子の後ろ盾となり、国王に祭り上げるしかないのだ。

警察の牢屋にいるリックスを利用して、第一王子を殺してしまえばいい。

（ついでに国王の信頼とシルヴィアとかいう錬金術師の力も手に入れてやる）

貴族は拳を握りしめた。

公爵令嬢を治療して二か月がたち、この国の薬害も大分落ち着いてきた。

第一王子のおかげで、入国に融通がきくようになり、ヴァイス様の護衛の人や使用人の人達もたくさんきて、屋敷の方も大分賑やかになった。ヴァイス様は「信用できる使用人と腕のたつ護衛ばかりなので大丈夫です」と、仕事に出かけてしまうようになって、寂しいけれど、不安なく錬金術の研究に取り組めるいまの環境は楽しかったりもする。

「おねーちゃん！」

廊下を歩いていたら男の子が話しかけてきた。

以前豊穣祭で、ヴァイス様に薬を塗ってくれた男の子。

ヴァイス様が治ったあと、いろいろあってうちで働いてもらうことになった。

男の子は自分が好意で塗った薬でヴァイス様の病状が悪化してしまったのをずっと気にしていたらしくて、申し訳ないことをしたとヴァイス様なりの謝罪の意味もある。

「どうしたの？」

「前もった薬よくきいたよ！　毎日塗ってあげたら妹の肌のぼつぼつよく治った！」

「それはよかった。ちゃんと塗ってあげてお兄ちゃんは偉いね」

「うん、ありがとう。これお礼！」

そう言って男の子はえへへと、綺麗な石を差し出した。

「これは？」

「河原でみつけたんだ。おねーちゃんにと思って」

「ありがとう。大切にするね」

私が笑って受け取ると、男の子は嬉しそうに頷いて「じゃあ仕事の草むしりにいってくる！」と元気よく走っていった。

「……薬、薬をください」
シルヴィアのいる国から仕事をするため出国してから十日目。少し離れた国のホテルにて今にも死にそうな顔でベッドから手を伸ばすヴァイス。
「薬物中毒みたいなことを言わないでください。駄目に決まっているでしょう。そりゃ魔道車で何か国も行き来してれば死ぬのは当たり前です、あの魔道具の乗り物は操者の魔力消費量が尋常ではないのですから」

キールがお茶を注ぎながら言う。

「で、ですがマイレディが作ってくれた魔力回復ポーションならいいと」

「もう今日の分は飲みました」

「今日だけならもう一本くらいいいと思いますっ！」

ヴァイスが嬉しそうにキールに言うが、キールは額に青筋をうかべた。

「それが積み重なって病気になったのでしょう⁉　反省ゼロですか、馬鹿ですか⁉」

「ですが、早く終わらせて、マイレディの下に戻りたいのですが。もう何日会ってないと思っているのですか⁉」

「たった十日じゃないですか」

キールが肩をすくめて言う。

「たった⁉　分になおすと14400分、秒になおすと864000秒ですよ⁉　こんな長時間会えないなど、一日千秋の思いで、私がいかに彼女に会いたいと望んでいるのか……。クリムライルに流れる清流のごとく、キャンドラにとどろく雷鳴のごとく！」

ヴァイスが抗議の声をあげると、キールが心底呆れた顔をする。

「奥様のことになると出てくるその謎ポエムどうにかなりません？　最近ではもうポエムですらなくなって、それっぽいだけのまったく意味もない言葉の羅列になっていますが。

大体、回っている先の国から推察するに……旦那様、また大事をおこすつもりでしょう？」

キールの言葉にヴァイスは露骨に視線をそらした。

「何か大きなことをするから下準備しているのが丸わかりです。どうせシルヴィア様の力と関係しているのでしょうが。そろそろ第一秘書の私にくらい詳細を教えてくださってもよろしいのでは？」

「いえ、まぁ……大したことではありませんよ」

「だ・ん・な・さ・ま」

枕を抱きながら背を向けるヴァイスにキールはにっこりと詰め寄った。

「いやぁ、最悪な事態を想定して一応準備をしているだけで最悪な事態には絶対になりませんから。杞憂に終わるので安心してください」

「だ・か・ら。何をするおつもりで？」

しばし無言で見つめ合う二人。

「マイレディに手を出すなという牽制に国に喧嘩を売るので、いろいろ準備しておこうかなと♡」

ヴァイスがウィンクをして言うと、キールがにっこり微笑んだ。

額に青筋をうかべながら。

どうしてこんなことになったのだろう。

リックスはしっかり施錠された狭い部屋で、ただ震えることしかできなかった。

最初は警察の独房にいたはずなのに、目隠しをされて知らない場所に連れてこられた。

妙な香りのする部屋で、質素な食事を三食だされるだけの日々。

(なんでこんなことになったんだ。あいつだ、全部あいつのせいだ)

ヴァイス・ランドリュー。

あいつさえいなかったら、シルヴィアはずっと僕のものだった。

僕が戻ってきてくれと頼んだなら、すぐ戻ってきてくれたはずだ。

それなのに。あいつがいたせいで。

凶悪にモルゲンシュテルンを振り回す姿を思い出しぞくりとして、震えが止まらない。

(殺したい。殺したい。殺したい)

憎悪が心の底からこみあげてくる。力があったら殺せるのに。

絶対あの男を殺してシルヴィアを取り戻してやる。

(そうだ。殺そう。殺せばいいんだ)

香ってくる匂いに酔いながら、リックスは一人笑いはじめるのだった。

「何故、その女の豊穣の能力を黙っていた」

謁見の間に呼ばれるなり、現国王に問い詰められた第一王子は苦笑いを浮かべた。

兵士に無理やりつれてこられ、王の前に立つなりシルヴィアのことで問い詰められたのだ。何故、種の状態から花の咲く状態まで一瞬でできたことを報告しなかったのかと。

謁見の間の外に、結界を張る魔術師までご丁寧に配置してあったのが見て取れた。返答次第では第一王子を殺すつもりなのだろう。シルヴィアの情報が外に漏れないように、知る者に金銭を渡したが、それだけでは甘かったらしい。結局自分は、口封じのために居合わせた者を殺すなどの非情なことができないところが、権力者として不向きだったのだろうと、第一王子は苦笑いを浮かべたのだ。

「その力を父上に知らせた場合、父上はその力を欲すると思ったからです」

「当たり前だ。豊穣の力だぞ？　その力を自国に囲い込むことのどこが悪い」

国王が睨みつけるように第一王子に言う。

「ですが、その力を手に入れて招く不幸もあります。強国が彼女の力を欲して侵略してきた場合、我々が勝てるわけがありません。無用な争いに巻き込まれるくらいなら、彼女には手を出すべきではないと判断いたしました」

「それを判断するのはお前ではない！」

国王が、バンッと持っていた王杖を床に叩きつけた。

「では、どうするというのですか。エデリー家の娘をあの商人ヴァイス・ランドリューから取り上げるとでも？」

第一王子が問うと、国王はにやりと笑う。

「当たり前だ。この国にいるうちに身柄を確保する」

「我が国のような小国があのような力を所持した場合、他国に攻め込む口実を与えるだけです、私は反対です」

「何、その女だけ身柄を確保して、他の者は皆殺しにすればいい。そして女も死んだことにして力だけを密かに使う。そのための準備もしてある」

「準備……ですか？」

第一王子が眉根を寄せた。

「連れてこい！」

国王の言葉とともに、首輪をつけ、鎖でつながれている男が連れてこられた。

ヒューヒューと口で息をし、目はうつろで、肌はもう緑色に変色している。

「この男は？」

「錬金術師の女の元夫だ」

「……具合が悪そうですが……大丈夫なのですか？」

第一王子が聞くと、国王がにぃっと笑う。

「この腕輪を使えば魔獣化し、あの商人を襲うように調教してある」

「……は？」

「憎悪を煽ってある。魔獣化した途端あの商人を殺すようになっているのだ。お前はこの男を屋敷に投げ入れ、腕輪を使って魔獣化させて来い。外に逃げた従者などはお前が殺せ。そして錬金術師だけつれてくるのだ。表向きには錬金術の失敗で魔獣を呼び出してしまい、全滅したことにすればいい。本人達の自爆なら民衆の非難が国に向くこともない。そして錬金術師の能力を我が国だけで独占する」

国王の計画に第一王子は眩暈を覚える。

その隣で第二王子派だった貴族が笑っているが、どうせ彼の入れ知恵なのだろう。

「魔獣化には特殊な材料が必要なはずですが。どうやって手に入れられたのですか？」

勝ち誇っている国王に第一王子が問う。それこそ希少な素材が必要だ。そしてその素材を揃えるにはどうしても外から仕入れる必要がある。

「そんなことをお前に話す必要はない」

にやりと笑う国王。

「……私に話す必要はないでしょう。ですが仕入れた時点で、父上がやろうとしていることが、相手に筒抜けになると何故わからないのですか」

「何だと？」

第一王子の言葉に国王が聞き返す。

「父上は相手があのヴァイス・ランドリューということを軽視しすぎました。彼は流通網をほぼ網羅している。彼が私との交流前にこの王室産のテーゼの花を先に所持していたことを考えると、この王宮にも彼と懇意にし、情報を流しているものがいるでしょう。彼の恐ろしさはその情報収集力です。父上はこの作戦を実行しようとした時点ですでに彼の手の内ということを、自覚なさるべきです。申し訳ありませんが、私は今回の件では無関係なので、見逃していただけると」

そう言って、第一王子は大仰にお辞儀をした。

「お前は何を言って……」

国王が第一王子の行動に不審そうに問う。その瞬間。

がっしゃん！

シャンデリアが盛大な音をたてて揺れ、巨大な球体のついたモルゲンシュテルンを両腕に持った男が国王と第一王子の間に降り立った。

「なっ⁉」

国王が驚き身構える。護衛の者が国王を守るように前に立ち、その他の者は落下してきた不審者に槍を向けた。

「流石王太子殿下。空気を読むのがお上手で」

周りのことなど気にせずシルクハットとコート姿に両手にモルゲンシュテルンを持った男が嬉しそうに笑う。

「はい。それだけが取り柄ともいえますが」

第一王子が肩をすくめる。

「何をしている衛兵！　衛兵‼」

国王が外に向かって叫ぶが、援軍の兵士は現れない。

「ははっ。援軍？　くるわけないじゃないですか。第一王子を始末するつもりで防音と振動の響かぬ結界を自分達で張ったのをお忘れで？」

「くっ、そういえば」

兵士の一人が外に出ようとするが扉が開かない。おそらく出口に男が結界を張ったのだろう。

「いやぁ、助かりましたよ。貴方達が勝手にその男に魔獣化の処置をしてくれたので、私が好きに葬ることができるようになりました。私達を魔獣の暴走で殺すつもりだったらしいですが、それをそっくりそのまま貴方達にお返ししましょう。貴方達はここで、魔獣化した人間に殺されてしまうことになっています。貴方達自身が招いた不幸な事故として」

「な、なんだと!?」

国王が問うと男は邪悪ともいえる笑みを浮かべた。

「だってそうでしょう？　魔獣化する禁呪のアイテムを揃えたのも、ここに結界を張って人払いしたのも貴方達だ。そこに私の手は一切加わっていない。つまり、それを魔獣化させて事故を装い、ここにいる者全てを殺したとしても、私が関わった証拠は何一つ残らない」

そう言ってうっとりとした目になる。

「……まさかお前達手を組んでいたのか!?」

国王が第一王子に視線を向ける。

「申し訳ありませんが、私は無関係です。まぁ、おそらく彼の計略の中に組み込まれてはいたのでしょうが、少なくとも私にはそれは知らされていなかった。だから言ったのに、彼に敵対の意思を示すなと」

第一王子が肩をすくめた。

「はっ！　馬鹿なのはお前らだ。この魔獣はお前を殺すように調教されているんだ。我らに害をなすことなどない！　多少腕がたつようだが、魔獣には敵うまいっ。ここでまとめて始末してやるっ!!」

国王がそう言いながら、魔獣化する腕輪を掲げた。

途端リックスだったものは苦しみだし、熊くらいの大きさの異形の魔獣に変貌を遂げる。

「ははっ！　そうでなくては。さぁ！　祝いの宴をはじめましょう!!　私、このヴァイス・ランドリューが貴方達を楽しい死の旅路へご案内いたしましょうっ!!」

ランドリューの嬉々とした声が謁見の間に響くのだった。

第一王子ははぁっとため息をついた。

その場にいた騎士達はランドリューと魔獣の戦いに巻き込まれ、全員死んでしまった。

ランドリューはといえば、魔獣の攻撃を避けながら、「あははは、もっとまじめに逃げないと、そこの騎士達と同じ末路をたどりますよ♡」と国王と貴族を嬉々として追いかけている。おそらく全て魔獣に殺されたということにするためだろう、ランドリュー自身は誰一人傷つけていない、騎士達は皆ランドリューが避けた魔獣の攻撃の巻き添えになったのだ。

国王派の忠誠のあつい兵士や騎士は全てやられ、謁見の間にいるのは国王と魔獣化を計

画した貴族。一体いつからいたのか、ちゃっかり第一王子の隣で防御結界を張って立つランドリューの秘書。そして魔獣化してしまった錬金術師の元夫のみだ。

ランドリューの秘書は何事もなかったかのように第一王子の隣で突っ立って、様子を見守っている。

おそらくこの状況は国内外への見せしめも含まれている。ランドリューを知る者なら、絶対ランドリューがやったのがわかるが、証拠は誰がどう見ても国王達の自爆なので、誰一人ランドリューを責められない。この件でランドリューを潰そうとすれば、いままでの彼の戦歴から考えるに、別のトラップが発動するはずだ。逆に陥れられる可能性が高い。ランドリューはいつも何重にも罠を仕掛けている。逆らわない方がいい。

国王達が全滅したあと、ランドリューは「さぁ！　次は国王達を斬殺した魔獣退治に現れた正義の味方の出番です。恐ろしい魔獣を捕らえるためには、反撃できぬ程度には痛めつけないといけません！　これは正当防衛、そう不可抗力です!!」と、笑みをうかべ、モルゲンシュテルンを振り回しながら楽しそうに魔獣と戦いはじめた。

「楽しんでる。この人絶対戦いを楽しんでる」

ランドリューの秘書が隣でドン引きしているのを横目で眺めつつ第一王子は思う。

……はやくこの人達自分の国に戻ってくれないかなぁと。

終章　二人でともに

「綺麗ですよ。奥様」

白いウェディングドレスを纏って鏡の前に立つと、マーサさんが少し涙目になりながら言ってくれた。

ヴァイス様が国王を裁き、私の住んでいた国は薬害の件がいち段落ついて、第一王子が新たな国王として即位した。私達もヴァイス様の国へと移り、マーサさんも子どもが就職を考える年頃になったので就職先が多い大国の方がいいからと、家族揃って一緒についてきてくれた。

リックスが私から不正に奪った特許も、私が先に書いた研究結果やメモなどの証拠をリックスが残したままだったので、神殿に申請して取り返せた。エデリー家の建物などの権利はそのまま第一王子に託し、薬害の被害者への賠償へと充ててもらうことになった。

そして今日、ヴァイス様と私は結婚式をあげる。

プロの人達が何時間もかけて、メイクと着付けをしてくれたおかげで、自分でも鏡の中にいる自分の姿に見惚れてしまう。

「凄いですね。メイクって魔法みたいです。女性がなぜ高いお金を払ってまでお化粧品を買うのかわかりました。お化粧一つでここまで変わるなんて。これからヴァイス様がはじめる、錬金術でのメイク事業に関われることが楽しみになりました」

鏡の中を見ながらしみじみ言うと、マーサさんがやれやれと肩をすくめた。

「自分のウェディングドレスの感想がそれですか？　奥様、何も悪い部分まで旦那様に似なくていいんですよ。どっちも仕事中毒なんだから」

ため息をつくマーサさん。

そう言われても、ヴァイス様がはじめた錬金術師として新たな試みとなる、錬金術での美容事業に参加させてもらえることに、心をときめかすなというのはどだい無理だと思う。

ヴァイス様はいつだって、私のことを考えてくれて、何がしたいのかちゃんと聞いてくれる。押し付けるわけでもなく、かといって仕事をするなと遠ざけることもなく、いつも私のことを真剣に考えて幸せをくれる人。

だから、これからは――私もヴァイス様の役にたてるように、隣を歩けるように、立派に役立てるパートナーになれるよう、仕事だって頑張らなきゃ。

私はベールを被り、マーサさんと式場の人に案内されて控室を出ると、おごそかに扉が開き、そこでタキシード姿のヴァイス様が待っていてくれた。ガラスで覆われ外が全部見渡せる開放的なチャペルは青い澄んだ海を背景に白い花で彩られ、レッドカーペットが神官様のところまで続いている。

ゲスト席には、継母やリックスの嫌がらせですっかり疎遠になってしまっていた、学生時代の友人や、親戚、父の代に一緒に働いてくれていた人達、取引先の人たちの姿もある。

「綺麗ですよ。マイレディ」

白いタキシード姿で顔を赤らめてにっこり微笑んでくれるヴァイス様。

「ヴァイス様もとても素敵です」

ヴァイス様の差し出してくれた手に私も手を添えて、お互い見つめあって、顔を赤くしたあと、ふふっと笑って二人で神官様に向かってレッドカーペットを歩きだす。

これからもきっと大変なことはあると思うけれど、それでもヴァイス様と一緒なら乗り越えられる。いつも私のためを思ってくれて、支えてくれる人。

時々、暴走するときもあるけれど、それもまた可愛くて、愛おしい。

大人に見えて子どもで、純粋であり、冷徹で。敵対する人には容赦がないけれど、私はそのヴァイス様の貫く信念を信じてついて行こうと思う。ヴァイス様が私を信じてくれるように。

「愛していますよ」

歩きながら囁くような声でヴァイス様が言ってくれる。

嬉しくて、私もヴァイス様に笑顔でかえす。

ひらひらと白い花びらが私達を祝福するように舞う式場で、私達は手を取り合いながらゆっくりと歩を進める。

今日、この日、貴方と結ばれることができて、幸せですよヴァイス様。

どうかこのまま、ずっと貴方とともに歩めますように——。

あとがき

はじめまして！　てんてんどんどんと申します。この度は本作を手にとっていただき本当にありがとうございます。本作は、「不遇な扱いを受けていたヒロインが、ヒーローに才能を見出され羽ばたいていく」がテーマの作品です。

イラストはくにみつ先生が担当してくださいました。素敵美麗絵のくにみつ先生に担当していただけて本当に幸せです。表紙のシルヴィアさんの困り顔と余裕な感じのヴァイスさんの構図がたまりません。本当にありがとうございました！　また現在、コミカライズ企画も進行中です。何卒よろしくお願いいたします!!

書籍化してくださった編集様および編集部の皆様、この本の制作に携わってくださった、校正様、デザイナー様、印刷や販売に関わってくださった皆様、この本を手に取ってくださった皆様、すべての方に感謝です！　ここまでお付き合いくださり本当にありがとうございました。

てんてんどんどん

「無能だと捨てられた錬金術師は敏腕商人の溺愛で開花する もう戻りませんので後悔してください」の感想をお寄せください。

おたよりのあて先

〒102-8177 東京都千代田区富士見2-13-3
株式会社KADOKAWA 角川ビーンズ文庫編集部気付
「てんてんどんどん」先生・「くにみつ」先生

また、編集部へのご意見ご希望は、同じ住所で「ビーンズ文庫編集部」までお寄せください。

無能だと捨てられた錬金術師は敏腕商人の溺愛で開花する

もう戻りませんので後悔してください

てんてんどんどん

角川ビーンズ文庫 23761

令和5年8月1日 初版発行

発行者――山下直久
発 行――株式会社KADOKAWA
〒102-8177 東京都千代田区富士見2-13-3
電話 0570-002-301(ナビダイヤル)
印刷所――株式会社暁印刷
製本所――本間製本株式会社
装幀者――micro fish

ISBN978-4-04-113974-5 C0193 定価はカバーに表示してあります。 ◇◇◇

婚約破棄され、捨てられるらしいので、軍人令嬢はじめます！
著／雪（ゆき）
イラスト／ノズ
破滅の未来を待つくらいなら、
ただの令嬢はもうやめます！
軍事貴族名家の令嬢・セレスティーアはある日、
自称「ヒロイン」の義妹から破滅の未来を予言される。
不幸な人生を回避すべく、セレスティーアが先手を打って選んだのは――
辺境の大軍人である祖父への弟子入りで!?
好評発売中!!!

宮廷魔術師の婚約者
書庫にこもっていたら、国一番の天才に見初められまして!?
シリーズ好評発売中
天然ひきこもり令嬢×天才やり手魔術師の
痛快ラブファンタジー!
著/春乃春海(はるのはるみ) イラスト/vient(ヴィエント)
魔力の少ない落ちこぼれのメラニーは一方的に婚約を破棄され、屋敷の書庫にこもっていた。だが国一番の宮廷魔術師・クインに秘めた才能——古代語が読めることを知られると、彼の婚約者(弟子)として引き取られ!?

幼馴染みの聖女に『無能神』と呼ばれる醜い神様との結婚を押し付けられた、伯爵令嬢のエレノア。……のはずだけど『無能』じゃないし、他の神々は皆、神様を敬っているのですが？
WEB発・大注目の逆境シンデレラ！

シリーズ好評発売中！

●角川ビーンズ文庫●